二見文庫

診てあげる 誘惑クリニック

橘 真児

目次

診てあげる　誘惑クリニック

第一章　女医のローション

1

いつまでも若いつもりでいたって、いずれは厳しい現実を突きつけられるものなのだ。

誰もが二十代を越せば、肉体のあちこちが衰え、健康に不安が出てくる。まして、普段からからだを鍛えることをせず、食事にも気を配っていなければ尚さらに。ある日、鏡に映る自らが明らかに昔と違っていることに気がつき、うろたえることになる。

見た目ばかりではない。疲れやすくなったとか、足が攣《つ》りやすくなったとか、ちょっとしたことで「老い」を感じることも一度や二度ではないだろう。そのとき初めて、健康の有り難みを知るのである。

さて、三十八歳の犬崎《いぬさき》健太郎《けんたろう》は、決して安穏としていたわけではなかった。

何しろ、あと二年足らずで四十路なのだ。健康に関して、まったく不安がなかったわけではない。特に持病などなかったけれど、定期的に検診を受けて、からだの隅々までしっかりチェックしたほうがいいのではないかと常々思っていた。しかしながら、日々の仕事に追われ、なかなかそういう機会を持てずにいたのである。

いや、それは単なる言い訳に過ぎなかった。時間など、作ろうと思えばいくらでも作れるもの。忙中閑《ぼうちゅうかん》ありとも言うではないか。

要は億劫なのだ。加えて、もしも妙な病気でも見つかったらどうしようという不安もあった。何しろ不摂生が祟って、腹回りの肉がこのところ目立ってきていたから。

そんな健太郎が、生まれて初めて人間ドックの受診を決意したのは、実に単純な理由による。仕事中に会社の厚生部から文書が回ってきて、指定の検診センターであれば会社から補助が出るとあったのだ。

それも、なんと六割まで。

会社で加入している健康保険組合からも、人間ドックの補助が出る。但し、そちらは対象が四十歳以上だ。一方、会社がお金を出すのは、組合の補助が受けられない四十歳未満の者に限られるとのことだった。要は若いうちから健康に留意させようということなのだろう。

ともあれ、費用の半分以上も負担してくれるのなら、やらなきゃ損である。いや、損ということはないにせよ、絶好の機会であることは確かだ。

健太郎はさっそく申し込んだ。指定された医療機関がひとつだけで、他に選択肢がなかったことに若干の懸念を抱きつつ。

そして、いよいよ人間ドックの当日を迎える。謂わばこれが初体験。人間ドック童貞からの卒業だ。

もっとも、本人はそんな感慨など抱くことなく、その日の朝、受診する検診センターのある駅に降り立った。

(腹減ったなあ……)

健太郎は受診前からげんなりしていた。検査のため、昨夜の八時過ぎから何も食べていなかったからだ。いつもは寝る前にビールを飲み、軽くおつまみを食べて腹を満たしてから、眠るのが習慣になっていたのに。

まあ、そんな生活だったから、メタボ体型になりつつあったのだ。

ともあれ、空腹のせいでよく眠れなかったことも、彼の機嫌を損ねていた。いくらかイライラした足取りで受診場所へ向かう。朝から水を飲むことも禁止されており、終わったらビールをがぶ飲みして肉でも食いまくってやれと、不健康なことばかり考えていた。

指定された施設名は、社会医療法人高泊《たかどまり》総合病院検診センターである。その名のとおり、同法人は総合病院も経営しているようだ。

ただ、事前にもらったパンフレットによれば、検診センターは病院から独立したものらしい。事実、場所も総合病院とは離れており、駅前のビルの中にあった。一、二階が銀行というお堅い雰囲気のビルの、エレベータに乗り込む。検診センターは五階と六階にあり、受付は六階だった。

エレベータの扉が開く。目の前に広がった光景に、健太郎は思わず息を呑んだ。

(え、ここが!?)

一瞬、降りる階を間違えたのかと思った。何しろそこは、ホテルのフロントかどこぞのサロンかという雰囲気の、洗練されたおしゃれな空間だったからである。しかも、開設したばかりかと思えるほどに新しい。

(……検診センターっていうのは、どこもこんな感じなのかな?)

薄暗い診察室で、年老いた医師からからだのあちこちを調べられる——と、かなり偏見じみた状況を予想していたものだから、余計に目の前の光景が信じられなかった。どうやらドックという名称から、工場っぽい味気ないところというイメージを持ってしまったようである。

目を疑ったのは、それればかりではなかった。そこらにいたスタッフが、例外なく若い女性だったのだ。

(え、ここってひょっとして、風俗か？)

つい品のないことを想像してしまう。しかし、受付のところに検診センターの表示がある。心臓マッサージならしてくれるかもしれないが、性感マッサージは望めそうもない。

などと、くだらないことを考えながら、とりあえず受付の前に進む。

「あ、あの、人間ドックを予約した犬崎ですが」

しどろもどろになりつつ伝えると、制服らしきベージュのベストを着た可愛らしい受付嬢が、

「はい、お待ちいたしておりました」

と、爽やかな声で歓迎してくれる。

「では前もってお送りしてあります書類と、採取したものの容器の提出をお願い

いたします」

「ああ、はい」

健太郎は同意書や問診票、補助金の申請願などを封筒から取り出した。それから、レジ袋に入れてきた検尿や検便も渡す。

「これで全部ですね。あ、こちらはお返しいたします」

受付嬢はレジ袋を突っ返すと、排泄物を採取した容器を直に手元のボックスに入れた。もちろん容器の外側は汚れていないが、こんな可愛い子が躊躇なく処理したことに、健太郎は居たたまれなさを感じた。

同時に、腰の裏がわずかにゾクゾクする。

（って、変態かよ）

自らツッコミを入れ、料金をカードで支払う。

「では、こちらの裏手に更衣室がありますので、そちらで検査着に着替えてください。サイズは揃えてありますが、もしも合うものがないようでしたら、こちらまでご連絡いただけますでしょうか」

「はい。わかりました」

「それから、手荷物や貴重品は必ずロッカーにしまってください。施錠せずに盗難などの被害に遭われた場合、こちらでは対処いたしかねますのでご注意ください」

「わかりました。あ、あの、検査着の下に、下着を穿いていてもだいじょうぶなんですか？」

「それはご自由でかまいません」

つまり、穿いても穿かなくてもいいということか。

受付を終えて更衣室に向かう途中の壁に、検診センターの所長の顔写真が、受診者への挨拶とともに飾ってあった。

（あ、このひとは――）

ひと目見て、我が社の社長に似ていることに気づく。苗字は違うものの兄弟か従兄弟《いとこ》ではないだろうか。

（なるほど。だからウチの会社が補助を出すのか）

新しくて居心地はよさそうだが、あまりはやっていないようである。受付にも、自分以外に受診者は見当たらなかった。制服姿のスタッフは、そこかしこにいるにもかかわらず。

社員に人間ドックを利用させ、今後も定期的に受診するようにさせたいのか。そこまでは考えていなくて、とりあえず困っている身内を助けようとしたのか。

はっきりしたことはわからないものの、社長が親族に便宜を供与しようと考えたのは間違いあるまい。

まあ、おかげで安く人間ドックを受診できるのだ。こちらが不利益を被るわけではないし、べつにいいかと思うことにする。

更衣室で、そこに準備されていたライトグリーンの検査着を素肌にまとう。前で開くタイプの半袖の上着に、寸足らずのズボン。健康ランドで渡される湯上がり着と似たようなものだ。ちなみに、ブリーフも脱いだのは、体重を測るときに少しでも軽くしようと、ダイエット中の女子みたいなことを考えたからである。

着替え終わると、待合所へ行く。そこは広々としたロビーであった。ソファーが並び、新聞や雑誌を並べたラックもある。ここで待っていれば名前が呼ばれ、それぞれの診察室で検査をする手はずになっているようだ。

ただ、周囲に制服姿の女性スタッフや、看護師らしき白衣の女性たちはちらほら見えるものの、肝腎の受診者は健太郎以外に三名ほどしかいなかった。

(こんなにスタッフがいるのに……)

これでは経営が成り立たないのではないか。だからこそ、ウチの社長が手を差しのべたのであろう。

その後、検査着を着た者が何名か増えたものの、全体で十名ほどにしかならなかった。

（ま、これなら待たされずに済みそうだからいいか）

気楽なことを考えつつ、ふと不安にも苛まれる。

（ひょっとして、ドックの受診者がこんなに少ないのは、評判が悪いからなんじゃないのか？）

まだ新しいから知られていないだけなのかと思ったが、もしかしたら過去に医療ミスがあって、そのせいで敬遠されているのかもしれない。などと、よからぬ想像が浮かんだものの、そもそも検診で医療ミスなんてあり得るのか。

（ええと、採血で血を抜きすぎたとか、尿検査の尿を取り違えたとか）

何にせよ、大ごとになりそうにない。評判を落とすまでにはならないだろう。

ただ、スタッフも看護師も、若くて綺麗な女の子ばかりだ。経営者は見た目で採用しているに違いない。これなら男性の受診者が増えそうな気がするのだが。

（ていうことは、お医者さんや検査技師も女性ばかりなのかな）

下心まる出しの期待を抱いたとき、

「それでは、ただ今より検診を開始いたします。お名前を呼ばれましたら、それそれの番号のところへお進みください」

　スタッフのひとりが指示を出す。健太郎が最初に呼ばれたのは、採血のところであった。

「昨日の午後八時から、食事はされていませんね？」

　白衣の看護師に確認され、健太郎は「はい」と即答した。ただ、針を刺されるのは苦手だったから、腕を差し出したあとはずっと顔を背けたままであった。

「では、チクッとします」

　言われたものの、幸いなことにうまく痛点を避けてくれたようで、まったく何も感じない。念のために確認したところ、注射針が肘の内側にしっかり刺さっていたものだから、慌てて視線をはずした。

　採血のあとは身体計測。身長と体重、それから胸囲と腹回りを測る。

　せっかくブリーフを脱いだのに、さっぱり効果はなかったよう。予想していたより三キロも重かったものだから、健太郎はがっかりした。おまけに、腹囲はメタボ基準をわずかだが超えており、これはまずいかもと焦る。

（このまま体型が崩れていったら、一生恋人ができないかもしれないぞ、独身のアラフォーでも、結婚を諦めているわけではない。いずれは家庭を持つつもりだったし、その前に彼女を作らねばならない。見合いという手もあるけれど、理想的なのは素敵な女性と、ひょんなきっかけで出会うことだ。

もっとも、この腹ではたとえ見合いをしても、一発で断られるかもしれない。いい年をして自己管理のできない男だと決めつけられる可能性があった。

（よし、これから食事に気をつけて、なるべく運動をしよう）

そう自らに言い聞かせながら、次の心電図検査へ進む。心臓はいたって健康のはずだし、そちらは何の心配もしていなかった。

「では、こちらに寝てください」

カーテンで仕切られた狭い部屋で、低いベッドに仰向けで寝そべる。検査着の前を開かれ、ズボンも陰毛が見えそうなところまでずり下げられた。

心電図検査は若いときに、就職後の健康診断で経験済みだ。小さなタコみたいな吸盤をあちこちにつけられ、足首と手首を巨大な洗濯ばさみ状のもので挟まれるのである。それらは細い導線で、心電図を測る機械と繋がっている。

担当の看護師は二十代なのだろう。若くて経験が浅そうだ。そのため、つけた吸盤がすぐにはずれてしまい、なかなか検査に入れなかった。

「あ、すみません」

申し訳なさそうに頭を下げる彼女は、次第に焦ってきたらしい。しっかりくっつけようとしてか、健太郎の肌に触れてくる。それも、ベタベタと過剰なほど。そんなことをして効果があるのか定かではないが、吸盤をつけるところを指でこすったりもした。

彼女は決して男心をそそるタイプではない。容貌はいたって普通だし、スタイルにも見るべきところはない。パンツスタイルの白衣という、看護師としての身なりも地味であった。

それでも、柔らかな手指で肌に触れられ、すりすりと撫でることまでされたら、自然と劣情が頭をもたげてしまう。

（う、まずい）

海綿体が充血し、分身がむくむくと起きあがる。ブリーフは脱いでおり、直に検査用の薄いズボンを穿いているのだ。勃起したらすぐにバレてしまう。

頼むから大きくなるなと念じるものの、一度はずみのついた昂ぶりは、そう簡単に鎮静化できない。ズボンがずり下げられていたせいで、ウエストのゴム部分を浮かすほどにペニスが膨張した。

「あ――」

看護師が小さな声を洩らし、真っ赤になってうろたえる。おかげでこちらは、ますますあやしい心持ちになった。

(露出狂っていうのは、こんなことを考えたせいで、こんな気分なのかな……)

妙なことを考えたせいで、一物がさらに跳ね踊る。とうとう赤く腫れた亀頭が、ゴムのところからはみ出してしまった。

「あ、ご、ごめんなさい」

謝ったのは看護師のほうだ。彼女のせいでもないのに、慌ててハミチンをしまおうとする。

そのとき、柔らかな指がペニスに触れた。

「ううッ」

快美が背すじを貫き、反射的に腰を浮かせてしまう。

「すす、すみません」

謝りながら、看護師は勃起をズボンの中におさめた。

その後、どうにか検査が始められたのであるが、さんざんもたついた挙げ句、肉根は猛ったままだ。こんな状態で、グラフにまともな波形が描かれるとは思えない。

少し時間を置いてくれないかと、健太郎は看護師に頼もうとした。ところが、グラフを描く機械のほうに身を屈めていた彼女の、ヒップがまともに向けられていたのである。

(わ——)

心の中で声をあげる。若いのに、熟れた趣《おもむき》を感じさせる豊満な臀部。意外とボリュームのあるそれは、白衣のズボンで包まれていたのだが、中の下着をばっちりと透かしていたのだ。

それはカラフルな水玉のパンティだった。白いアウターの下にそんなものを穿くとは、隙がありすぎではないのか。

まあ、ほんの短い時間一緒にいただけでも、慌て者で天然っぽい性格だとわかった。おそらく下着のチョイスにも、まったく気を配らないのだろう。

ともあれ、透けることでよりエロチックに感じられるインナーに、健太郎の動悸が乱れだす。白衣のズボンがパンパンになった丸みは見るからにむっちりして、男の欲望を煽るには充分すぎるものだった。

(うう、いやらしい)

しまわれたはずの分身が脈打ち、またはみ出しそうだ。心臓がおかしな鼓動を打ち鳴らしているのが、自分でもわかった。

普段だったら、ここまで妙な心持ちにならないはず。狭い部屋で若い娘とふたりっきりだから、心が乱れるのか。

いや、いくらふたりっきりでも、あくまでも検査のためなのだ。本来はいやらしくない状況だからこそ、ちょっとしたことで昂奮をかき立てられるようだ。

「こんなのでいいのかしら……」

ポリグラフを確認しながら、若い看護師がつぶやく。どうやら波形がおかしなことになっているらしい。

もちろんいいなんてことはなく、落ち着くのを待ってほしい。ところが、彼女は首をかしげつつ、

「はい、終わりました」

と、声をかけ、後始末にかかったのである。

まさか、おしりに透けるパンティで欲情したからやり直してほしいなんて、言えるわけがない。健太郎は後ろ髪を引かれる思いで、心電図検査を終えたのである。

検査室を出たあとも、ペニスは勃ちっぱなしであった。上着の裾と手でどうにか隠していたものの、みっともないことこの上ない。

（人間ドックで勃起するなんて、おれぐらいのものだろうなあ……）

情けなさに苛《さいな》まれる健太郎であった。

2

次に呼ばれたのは、超音波検査であった。

（どんな検査なのかな？）

これは経験がないから、ものものしい名称だけで臆してしまう。心電図検査以上に、からだ中に線を繋がれ、電気でも流されるのではないか。

と、音波とはまったく関係ないことを想像する。

入った部屋はドアが分厚くて、放送室かスタジオというふう。さっき以上に狭くて密室感があり、余計に怖じ気づいてしまった。おまけに、モニター付きのやけに重々しい機械が設置してあったものだから、尚さらに。

ただ、迎えてくれたのが三十代半ばと思しき、優しそうな面立ちの女性だったから、いくらか安心することができた。

「犬崎健太郎さんですね。超音波検査は初めて？」

機械の前の椅子に腰掛け、笑顔で訊ねてくれた彼女は、医師のようだ。身にまとう白衣が看護師のものと異なっていたからである。

実際、胸もとにつけられた顔写真付きの身分証を見ると、愛内真希子《あいうちまきこ》という名前の上に、医師の肩書きがあった。それだけ技術を必要とする検査なのだろう。

「はい、初めてです」

答えると、真希子医師は「そう」とうなずいて白い歯をこぼした。笑うと鼻筋に縦ジワができて、どことなく淫蕩な雰囲気を感じさせる。

前ボタンをきちんと留めた白衣の上からでも、からだつきがムチムチしているのがわかった。こういうのを、男好きのするボディと呼ぶのではないか。

「では、上着を脱いで、こちらに寝てください」

彼女と機械のすぐ脇に、検査用のベッドがある。健太郎は上半身裸になると、そこに身を横たえた。まだ股間がふくらんでいたので、見られないように両手で隠して。

真希子は機械とコードでつながった、毛のない刷毛《はけ》みたいなかたちのものを見せてくれた。

「これから、このセンサーで犬崎さんのからだの中を調べます。ここから超音波を出して、臓器の様子を見るんですよ。そうですね。近ごろでは、漁師さんもレーダーとか、魚群探知機とかで魚を見つけて漁をするようですけど、それと同じことをからだでやると思ってください」

べつに電気を流されるわけではないとわかって、健太郎はホッとした。

「犬崎さんのからだの中は、このモニターに映し出されます。ただ、見てすぐにわかるようなものではないんですけど。ええと、お子様はいらっしゃる？」

「いえ、独身です」

「そうなの。妊婦さんのお腹の中も、同じように調べたりするんだけど」

「あ、その写真なら、テレビで見たことがあります」

たしか、かろうじて胎児のかたちがわかるぐらいの、ぼんやりしたものだった。

「だったら話が早いわ。あんなふうに内臓の様子を画像に残すのよ」

妊婦にも使うものだから、それこそレントゲンなどの放射線の類いとは違って、からだに害はないのだろう。健太郎は、「わかりました。お願いします」と、すっかり身を任せる心持ちになっていた。

「それじゃ、最初にこれを塗るわね」

部屋の明かりを暗くしたあと、真希子が透明なチューブを取り出し、仰向けになった健太郎の腹に中のものを垂らす。どろっとしたそれは、ローションの類いらしい。

（センサーがすべりやすいようにするんだな）

あるいは、他の効能もあるのだろうか。音波が浸透しやすくなるとかの。温めてあったらしく、ローションは適温で冷たくない。それが女ドクターの手で塗り広げられる。横腹を伝って垂れそうになったものは、濡れたタオルで拭われた。

（うう……ちょっと変な感じかも）

薄暗い密室ということもあり、それこそ風俗にでも来たみたいだ。説明されるあいだにおとなしくなったペニスが、再び頭をもたげだす。

こんな状況で勃起などしたら、それこそ妙なことを考えているとバレてしまう。勃つんじゃないぞと、健太郎は自らに言い聞かせた。

「では、検査を始めます」

ヌルヌル攻撃が終わって安堵する。だが、センサーを腹部に押しつけられるなり、健太郎は思わず「ううっ」と呻《うめ》いてしまった。想像していた以上に強い力だったからである。腹にかなりめり込んでいるよう。脂肪が厚いから、このぐらいやらないと音波が届かないのだろうか。

優しげな面立ちからは信じられないほど、真希子はセンサーをぐりぐりと動かす。痛いし苦しいし、やめてくれと音を上げそうであった。

おかげでふくらみかけた肉茎が萎んだのは、不幸中の幸いではあったが。

「脂肪がかなりありますね」

真希子があきれた口調で言う。やはりそのために、強く押しつけなければならないようだ。

（まあ、これで悪いところが見つかるのなら……）

ここはひたすら我慢するしかない。だが、下腹を強く圧迫されたときには、膀胱も刺激されて漏らしそうになった。

「モニターを見てください」

だいぶ経ってから言われて、機械のほうを見あげる。小さな白黒のモニターに、何やら霞のようなものが映っていた。

「これが犬崎さんの肝臓です。本当なら黒く映らなくちゃいけないんですけど、ぱあっと白くなっているのがわかりますか？」

とても肝臓には見えなかったものの、実際に画面が白くなっていたものだから、「はい、わかります」と答えた。

「これ、脂肪なんですよ。まだ灰色っぽい程度ですけど、脂肪肝の疑いがありますね」

「え、脂肪肝?」

「油や糖分の多い食生活だったり、お酒を飲み過ぎていたり、あと、運動が足りないと脂肪肝になりやすいんです」

思い当たるところだらけだったから、健太郎は何も言えなかった。

「犬崎さんはまだお若いですし、規則正しい生活と運動を心がければ改善されると思いますけど、そうでないと肝臓の中が真っ白になりますよ」

つまり肝臓の霜降りということか。高級な牛肉と違って、そんなものには何の価値もない。

「あの、脂肪肝になっちゃうと、やっぱりよくないんですよね?」

「もちろんです。肝臓の様々な病気、肝硬変や肝臓がんなどの原因になりますから」

命に関わりそうな病名をさらりと述べられ、震えあがる。明日から食べるものを制限し、運動もしっかりしなければと思った。

もっとも、《明日から》なんて決意が実行されたためしはない。

「では、腎臓を診ますから、横を向いて寝てください」

真希子に背中を向けて横臥すると、またローションを塗られる。お腹にされたとき以上に、ヌルヌルした感触が妙にくすぐったい。そして悩ましい。意志とは関係なく腰をよじってしまう。

そのため、海綿体がまたも充血し始めた。

「では、始めますよ」

声がかけられたときには、分身ははち切れそうに疼《うず》いていた。それでも、後ろを向いているから見られる心配はないと、安心していたのである。

「ああ、腎臓は綺麗ですね」

明るい声に胸を撫で下ろす。背中側は脂肪が少ないようで、それほど強く圧《お》されなかったのもよかった。

「こちらは特に問題ないみたいですね。ただ、こっちはよくないわ」

脅すような口調にドキッとする。何か病巣でも見つかったのかと、心臓が不穏な高鳴りを示した。

ところが、真希子はそれ以上何も言わず、背中に塗ったローションを濡れタオルで拭う。健太郎はますます不安になった。

（背中のほうは、もう終わったのか？）

そうすると、どこが悪かったのだろう。

「このままの姿勢で、もう少しわたしのほうに近づいてもらえますか？」

言われて、横臥の姿勢のまま後ずさる。ベッドの縁から落ちそうなところまで下がったとき、背中に女医が密着する気配があった。

「ここも診せてもらうわよ」

そうしてセンサーが当てられたところは、何と股間の隆起であった。

「わっ」

思わず声をあげてしまう。コツッとしたものがぶつかっただけだから、快感などまったくなかった。けれど、昂奮状態を知られたことに慌てたのだ。

「ここ、検査室に入ってきたときから大きくなってたけど、何かいやらしいことでも考えていたの？」

彼女の言葉遣いが女王様ふうになったものだから、健太郎は大いにうろたえた。優しそうに見えて、実はSだったのか。

「そ、そういうわけじゃないんですけど……」

「それに、ローションを背中に塗られたときも、ビンビンになってたわよね。いやらしいお店か何かと勘違いしたんじゃない?」

「そんなことないです」

「どうかしら」

後ろ向きだから見られまいというのは、甘い考えだったようだ。もしかしたら、気づかないうちに覗き込まれていたのかもしれない。

と、股間のセンサーがはずされる。

「おしりを上げなさい」

命じられ、健太郎は反射的に腰を浮かせた。すると、ズボンをつるりと剝かれてしまう。

「あ──」

焦ったときにはすでに遅く、尻も股間もまる出しになっていた。続いて、真希子が背中にぴったりと身を寄せる。

「ううう」

今度は歓喜の呻きがこぼれた。剝き出しの肉棒を、しなやかな指で捉えられたのだ。

「こんなになってたら、次の検査が受けられないわよ。ちゃんと小さくしなくっちゃ」

耳もとに囁かれ、背すじに甘美な震えが生じる。

「は、はい。でも……」

「特別サービスで、わたしがすっきりさせてあげるわ」

「え？」

信じ難い台詞《せりふ》に驚くと同時に、強ばりを握った手がはずされる。冗談だったのかと思えば、脈打つものに何かが垂らされた。あのローションだ。

「さ、これで気持ちよくしてあげるから、溜まってるのをいっぱい出しなさい」

ローションをまといつかせた牡根が、ヌルヌルとしごかれる。何が起こっているのかと、健太郎は快感にまみれつつもパニックに陥った。どうして彼女がこんなことを始めたのか、さっぱり訳がわからない。

（勃起してるのを気の毒だと思ったのか？）

検査中にペニスをふくらませる男など、そもそも珍しいのかもしれない。

人間ドックの受診者は、年配の人間がほとんどだし、現に今日も健太郎以外は、五十歳前後と思しき男ばかりだった。そうなれば、ローションを塗られたぐらいで昂奮する者はいないだろう。

だからこそ、牡の反応を示していることが新鮮だったのではないか。かと言って、女としての欲望を煽られたわけではあるまい。口にしたとおり、これからの検査に支障があると思ったから、処理してくれるのではないか。

しかしながら、ではお言葉に甘えてと射精できるほど、健太郎は図太くなかった。

「すごく硬いわ。犬崎さん、たしか三十八歳だったわよね。これなら二十代の子にも負けないいんじゃないかしら」

真希子の口調は、どこか悩ましげだ。そんなつもりはなくとも、逞しい男根に子宮を疼かされてしまったのか。

ただ、健太郎とて、若い頃と同じように昂奮しやすいわけではない。前の心電図検査でエロチックなことがあったから、勃ちやすくなっていたのである。

「うう、せ、先生……」

同じ三十代であろう女医の手コキに、早くも限界が迫ってくる。密室で寄り添われての愛撫に、ここが検診センターの検査室であることも忘れてしまいそうだ。

「気持ちいいの？　いっぱい出していいんだからね」

言葉遣いは女王様でも、口調は優しい。つい甘えたい気分にさせられる。ふわっとかかる吐息のかぐわしさにも、うっとりするようだ。

クチュクチュクチュ……。

ローションが立てる粘つきにも幻惑される。そこには自身の先走り液も混じっているに違いない。

「あ、あッ、出ます」

急速に昇りつめ、健太郎は息を荒ぶらせた。すると、ペニスの尖端に何かが触れる。濡れタオルのようだ。

「ほら、出して」

励ましの声に理性を粉砕され、めくるめく愉悦に巻かれて勢いよく精を放つ。

「あ、ああっ、くうううう」

思わず声を出してしまったものの、防音がしっかりしているようだから、外に聞こえることはなかったはず。もっとも、射精中は蕩ける快さにまみれて、そんなことを気にする余裕などなかった。後になって思い出し、大丈夫だったよなと自らを安心させたのである。

「ほら、ほら、すごいわ。いっぱい出てる」

真希子の嬉しそうな声が、やけに遠くから聞こえた。

ぐったりして仰向けになった健太郎の股間を、女医が念入りに拭き清めてくれる。

「気持ちよかったですか?」

言葉遣いも、最初の丁寧なものに戻っていた。

「はい……」

なかなか引かないオルガスムスの余韻にどっぷりとひたり、健太郎は胸を大きく上下させた。検査着のズボンが膝に引っかかっただけの、ほとんど全裸の姿を晒していることに羞恥を覚えるゆとりすらなかった。

精液の青くさい香気が、室内に漂っている。それも彼を物憂くさせた。

(……おれ、射精したんだ。こんなところで)

今となっては信じ難いが、からだのあちこちに残る気怠さが、事実であると教えてくれる。

後始末を終えても起き上がれないでいる健太郎に、真希子が悪戯っぽい笑みを浮かべた。

「それじゃ、特別サービスで、他のところも診てあげますね」

今の手コキが特別サービスじゃなかったのかと、健太郎はぼんやり考えた。

（ていうか、いつもこんなことをしてくれるのなら、ここはもっと繁盛するんじゃないかな）

検査のついでに抜いてくれるとなれば、男たちが殺到するだろう。しかも、こんな魅力的な女医さんに。

もっとも、そんなことをしたら法律的に問題がありそうだ。風営法違反なのか医師法違反なのかはわからないけれど。

彼女が再びセンサーをあてがう。それも、萎えて縮こまったペニスの真下の、そちらはだらりと垂れ下がった陰嚢《いんのう》に。

「うーーー」

ひんやりした感触に、健太郎は腰を震わせた。

牡の急所だとわかっているからだろう、今度は強く押しつけたりしない。だが、ふたつの玉を転がすようにされ、モヤモヤとあやしい気分になった。オモチャか何かで弄《もてあそ》ばれているようだ。

そんなことをされたら、また勃起してしまう。というより、そもそも玉袋は超音波で検査するところとは思えない。

疑問を感じた健太郎であったが、モニターを見た真希子が不意に顔色を変えたものだからドキッとする。

「大変。こんなところに悪性腫瘍があるわ。それも二カ所も」

「ええっ⁉」

さすがに驚いて飛び起きると、彼女が得意げにフフンと笑う。何やら定かではないものが映ったモニターに顎をしゃくり、

「ほら、睾ガンがふたつも」

まったく笑えない冗談だと、健太郎は鼻白んだ。

3

超音波検査室を出るとすぐ、制服のスタッフに声をかけられた。

「犬崎さんですよね？　申し訳ございません。当方の処置に手違いがありまして、もう一度検尿をお願いしたいのですが」

処置の手違いということは、こぼすか何かしたのだろうか。だが、射精後の物憂さが残っていたため、いちいち確認することが億劫だった。

「はい、わかりました」

検査用の紙コップを受け取り、トイレに入る。尿を出してくると、待っていた

スタッフに手渡した。

「ご面倒をおかけして申し訳ありませんでした。では、次は眼科の検診ですので、五番の検査室へお願いします」

「わかりました」

次の場所に向かいかけた健太郎であったが、ふと重大なことに思い至って足を止める。

(あ、しまった。今の尿検査――)

何も考えずにコップへ出してしまったが、たっぷりとほとばしらせた後なのである。尿にザーメンが混じっていたに違いない。

中高生のとき、尿検査で再検査を申し渡される男子が必ず何人かいた。それも、尿にタンパクが出たという理由で。

彼らは寝る前にオナニーをして、ペニスの中に精液が残っていたのだ。それを考えずに採尿し、尿タンパクと判定されてしまったようなのである。

尿検査では、最初と最後は捨てて、中間のものを採るように言われる。不純物が混じらないようにとの理由からなのだろう。

ところが、さっきの採尿で、健太郎は最初から紙コップに出してしまった。尿意がほとんどなく、あまり出そうになかったからだ。

これはもう、尿タンパクの判定は避けられまい。

（きっと再検査って言われるだろうな……）

まさか女医さんに射精させられたなんて言えるはずがない。だが、検査の途中でオナニーをしたと疑われたらどうしよう。

そんなことを考えて、すっかり気が重くなった健太郎である。


その後の検査は、どうやら無事に乗り切れた。せいぜいバリウムを飲んでのレントゲン撮影で、吐きそうになったぐらいである。

午後にとりあえずの結果説明と、内科検診があってすべて終了とのことだった。

その前に、昼食が出た。

下の五階にラウンジがあり、そこで食べた弁当は、オーガニック食品の専門店から取り寄せたものであった。料理の説明やレシピの載ったしおりがついており、多種多様なおかずは有機野菜中心のもので、ご飯も玄米だ。

そして、薄味ながらとても美味しかった。

（こういうものを毎日食べればいいわけか）

だが、独身生活は長いけれど、料理は得意でない。自分で作るとなるととても無理だ。それに、仮に腕があっても面倒くさい。

ならば、そういう店で食べるしかないが、しおりには店のメニューも載っていて、どれも普段食べているものの倍近い値段がした。これではエンゲル係数がむやみに上がってしまう。

健康を維持するのも楽じゃないんだなと、健太郎は妙な納得をした。だからと言って、不健康のままでいいとは思わない。

これは料理上手な女性と結婚して、食事面での健康管理をしてもらうしかないのか。もっとも、知り合いの妻帯者は例外なく、結婚後に体重が増加している。幸せ太りというやつだ。奥さんがいるからいいというわけではなさそうだ。

そんなことを考えながら弁当を平らげ、ラウンジに置いてあった雑誌を読みながら休憩していると、間もなく最後の検診時刻になる。

「犬崎健太郎さん、二番の診察室にお入りください」

制服のスタッフに言われて、中に入った。

まず目に入ったのは、パソコンが置かれた大きなデスク。壁にはレントゲンの写真を見るための、バックライトがついたボードがある。それから、反対側の壁際には、診察用の簡素なベッドも。

手狭ながら、そこにあるのは一般的な診察室にあるものばかりだ。なのに、どことなく違和感があったのは、壁が社長室とか校長室みたいな茶色の木調だったからである。そのため、偉いひとから呼び出されたような気分になって、つい背すじをピンとのばしてしまった。

「どうぞお掛けください」

デスクに置かれた検査結果らしきものを見ながら告げたのは、三十歳前後と思しき若い女医であった。

(本当にここは女性ばかりなんだな)

他の検査でも、男がいたのはレントゲン室ぐらいだった。やはりここの検診センターは、女性優先で採用しているらしい。

しかも、見た目を考慮して。

そうに違いないと確信できたのは、その女医の顔を真正面から見ていないにもかかわらず、綺麗なひとだとわかったからだ。

烏の濡れ羽色の髪は、近ごろはあまり目にすることのないクレオパトラカット。目許を色濃く強調したアイラインと、艶めいた赤で塗られた唇が印象的だ。頬にうっすらとピンク色をのせたチークが愛らしい。

そういう隙のないメークがかっちり決まった、整った美貌だったのである。

前にある丸椅子に腰掛けても、彼女は手元の検査結果から目を離さなかった。

他にすることもなかったので、仕方なく美人女医を観察する。

白衣は前をはだけており、中に着ているのは白いブラウスと黒いタイトミニ。格好良く組まれた美脚は、黒いストッキングで包まれていた。白衣を着ていなかったら、女教師かキャリアウーマンかという感じである。

首から提げた身分証には、流山玲子《ながれやまれいこ》とあった。見た目そのままに、名前もクールだ。

ただ、顔写真は眼鏡をかけている。今はかけておらず、デスクの上にも見当たらない。コンタクトにしているらしい。

(眼鏡をかけてたら、もっと知的な感じなんだろうな)

それこそ、近寄りがたさを覚えるほどに。

玲子医師が、ようやく顔をこちらに向ける。正面からだといっそう美しく、圧倒されるようだった。

(医者だから頭もいいんだろうし、まさに才色兼備ってわけか)

そんなことを考えたものの、じっと見つめられて思わず姿勢を正す。

「あなた、獅子座なのね」

いきなりそんなことを言われて面喰らう。たしかに、問診票には生年月日も記入したけれど、それがいったい何だというのか。しかも、こちらのほうが明らかに年上なのに、どこかナメた話しぶりである。

「そうですけど、検査結果と何か関係あるんですか？」

「いいえ、何も」

あっさり否定されてきょとんとなる。単なる趣味で星座を確認しただけなのか。

しかし、そのことを質問する前に、彼女は話を進めだした。

「血液の詳細な成分検査とか、まだ結果が出ていないものはあるんだけど、全体には急を要するような病状は見当たらないし、いちおう健康体の部類に入るんじゃないかしら」

女医がレントゲン写真をボードに差し込み、バックライトをつける。ひと目見て、胃の写真だとわかった。そこだけ白くなっていたからである。

「胃も綺麗だし、胃炎も潰瘍もなさそうね。よっぽどストレスのない仕事なのかしら。それとも、細かいことを気にしない性格だとか」

妙に癪《しやく》に障《さわ》る言い方ながら、とりあえず心配はなさそうで安心する。だが、胸を撫で下ろした健太郎を見て、玲子は「但し――」と、話を続けた。

「今のままでいいとは言ってないから、誤解しないでね。まず、腹囲がメタボリックシンドロームの領域に入りかけてるの。問診票に、十年前と比較して体重が五キロ以上増えたって書いてあるけど、明らかに太ってきてるわけよね。このままだと、すぐにでも成人病予備軍の仲間入りよ」

それは自分でもわかっていたから、健太郎は「はい、そうですね」と素直にうなずいた。

「実際、脂肪肝の疑いもあるわ。この写真、検査のときにも見せられたかもしれないけど、肝臓の中に脂肪がかなり見られるもの」

検査結果の用紙に、超音波検査室で見せられた画像をプリントアウトしたものが貼られてあった。

「このまま体重が増えるようだと、間違いなく肝臓を悪くするわね。あなた、お酒好き？」

「す、好きです」

「だったら、尚さら危ないわ。いかにも運動とかしてなさそうだし、飲んで食べてるだけだと早死にするわよ」

そういう指摘は当然あるとわかっていたものの、実際に医者から面と向かって言われるのはショックが大きかった。

(明日からなんて言ってないで、今日から運動しよう)

と、強い決意を抱くほどに。

そのとき、健太郎が怯えているのを悟ったのか、美人女医がかすかに笑ったように見えた。それも、明らかに面白がっているふうに。

(おれをビクつかせて愉しいのかよ!?)

これはいよいよ本物のサディストかもしれない。

「さてと、気になるところはあと四つかしら」

まだそんなにあるのかと、健太郎はげっそりした。

「これは、明らかにおかしいってわけじゃないんだけど、心電図の波形がちょっとね。通常の検査では見られないような乱れがあるのよ。あと、脈も速いし」

その理由を知っているだけに、健太郎は何も言えなかった。

「念のため、もう一度検査をしたほうがいいかもしれないわ。うちの検診センターと同じ経営の総合病院なら、今すぐ予約ができるけどどうする?」

「いえ……しばらく様子を見ることにします」

そう答えると、玲子は「あ、そう」と引き下がり、無理に勧めることをしなかった。ということは、大したことではないのだろう。

「あと、簡易検査の結果なんだけど、尿に蛋白が出てるの」

これも予想どおりだったから、健太郎は無言でうなずいた。

「蛋白尿で考えられるのは腎臓疾患なんだけど、超音波検査の結果では何ともないみたいなのよね。まあ、詳細な結果が出れば、何かわかるかもしれないし、どうすればいいのかは、あとで送る検査結果でお知らせするわ」

そう言ってから、美貌の女医がじっと見つめてくる。

「まさかとは思うけど、尿を採取する前にマスターベーションなんかしてないでしょうね?」

疑いの眼差しに、健太郎は「そんなことしてません」と即座に否定した。少なくとも嘘ではない。

「それならいいんだけど」

半信半疑の顔つきながら、彼女はそれ以上追及してこなかった。

「あと、これは検査結果じゃなくて、問診票で気になったことなんだけど、あなた、頭痛がよくあるそうね？」

「あ、はい」

これはずっと昔からのことで、健太郎は頻繁に頭が痛くなる。偏頭痛もあれば、全体にどんよりと重いときもある。鎮痛剤を飲んで直ちによくなることもあれば、なかなか治らず半日も続いたりするのだ。

ただ、頭痛持ちの人間はけっこう多いようだから、それほど心配していたわけではない。問診票に気になる身体症状の欄があったので、いちおう書いたまでだった。

「それで、どんなふうに痛いの？」

健太郎がそのときの症状を説明すると、玲子は腕組みをして口をへの字に結び、

「んー」と難しい顔をした。

（あれ、ひょっとしてまずい病気なのかな？）

彼女の眉間のシワがやけに深いものだから、ただごとではない気にさせられる。

「まあ、しっかり検査をしないと何とも言えないけど、頭痛を軽く見ないほうがいいわよ。重篤《じゅうとく》な病気が原因になっている場合もあるから」

「じゅ、重篤な病気って——」

「脳腫瘍とか脳梗塞とか」

またも怖い病名を口にされ、震えあがる。

「頭痛は、頭の皮膚とか筋肉とか、表面部分で発生することも多いの。だけど､怖いのは脳に原因がある場合よね。早急に対処しないと手遅れになることもあるし」

「手遅れって……」

「早い話が死んじゃうってこと」

深刻な話をさらりと告げるものだから、かえって恐ろしい。健太郎は年甲斐もなく泣きそうになった。

「どど、どうすればいいんですか!?」

「まだ病巣があるって決まったわけじゃないから、とりあえずは検査でしょうね。ＭＲＩで、脳の中をしっかり診てもらうといいわ」

略称は何度か聞いたことがあったものの、ＭＲＩが何なのか、ちゃんと知っていたわけではない。しかし、いかにも詳しく調べてくれそうな感じがあったので、

「是非その検査をお願いします」

気がつけば、深々と頭を下げていた。

「だったら、総合病院のほうに予約を入れるわね。あ、ついでにもうひとつ」

まだ何かあるのかと、健太郎は心臓をバクンと高鳴らせた。

「便のほうも簡易検査で潜血があったの」

「せんけつ……？」

「要するに、ウンチに血が混じってたってこと」

「それって、痔か何かですか？」

「あなた、痔持ちなの？」

「いいえ」

「だったら心配だわ」

またも玲子が眉間にシワを刻んだものだから、動悸が乱れだす。

「な、何か悪い病気なんですか？」

「そこまではわからないけど、腫瘍の可能性があるわね」

「腫瘍――」

それはつまり癌ではないのか。

「もちろん、腫瘍にも良性と悪性があるから、一概に悪いとは言えないわ。ただ、万が一のことを考えて、そっちも検査をしておいたほうがいいかもね」

「検査っていうと？」

「内視鏡で大腸の中を診てもらうの」

悪性腫瘍の可能性を指摘されて、何もせずにいられるわけがない。

「そ、その内視鏡検査もお願いします」

健太郎が頼むと、クールな女医は「わかったわ」とうなずいた。

「だったら、ＭＲＩと大腸の内視鏡検査を合わせて、検査入院ってことにしとくわね」

「え、入院?」

「特に内視鏡検査には事前の準備が必要なの。通いでできないこともないけど、看護師に世話してもらったほうが楽だし、そのほうがあなたも落ち着くでしょ」

入院とは大袈裟だと思ったものの、もしも重篤な病が見つかった場合、すぐに処置してもらえるかもしれない。

「では、検査入院でお願いします」

健太郎はまた頭を下げた。

「じゃあ、なるべく早いほうがいいだろうから、ええと……」

玲子はパソコンを操作して、予約状況をチェックした。さっき言っていた、この検診センターと同じ医療法人が経営する総合病院なのだろう。

「最短で来週の月曜からになるけど、どうする？」

「はい、それでお願いします」

手遅れになっては困るから、なるべく早いほうがいい。

「ＯＫ。じゃあ、予約を入れておいたわ。予約票と入院案内は、帰りに受付でもらってちょうだい」

「わかりました」

「じゃ、上を脱いで」

「え？」

「胸のほうを診るから」

言われて、内科検診がまだだったことを思い出した。

上半身を脱いで向き直ると、玲子が胸に聴診器を当てる。

「深呼吸して」

聴診器のひんやりした感触に、腰の裏がムズムズする。それでも言われたとおりに、深い呼吸を繰り返した。

「後ろを向いて」

椅子に座ったまま、くるりと回れば、背中にも聴診器が当てられる。

「うん、何ともないわね」

言われても安心することなく、むしろ苛立ちを覚える。これ以上悪いところがあってたまるものかという気分だったのだ。

4

「では、ベッドに寝てちょうだい」

これで終わりだとばかり思っていたから、健太郎は「え？」となった。

「あの、まだ何か？」

「前立腺の検査をするのよ」

そう言えば検査項目にそんなものがあったことを思い出す。

「えと、前立腺ってことは……？」

「おしりの穴に指を入れて調べるの」

恥辱的な検査方法をあっさりと口にされ、二の句が継げなくなる。

「ほら、そこのベッドに、壁のほうを向いて寝るのよ。からだを丸めて、おしりを突き出してね」

完全な命令口調に操られ、健太郎はのろのろと簡素なベッドにあがった。

（尻の穴に指を入れられるのか……）

と、絶望的な気分に苛まれつつ。

健太郎とて男だから、風俗の店には何度か足を運んだことがある。しかし、巷で言われる性感マッサージ、もっとストレートに前立腺マッサージと呼ばれるものは、経験したことがない。

理由はただひとつ、肛門に指を入れられることに抵抗があるからだ。性的にも至ってノーマルだから、おカマを掘られたこともない。

（ああ、おれはとうとう、尻の童貞を奪われることになるのか）

この場合は挿れられるほうだから処女なのか。などと、どうでもいいことを考えながら横臥の姿勢で震えていると、背後に近づく者の気配がある。もちろん、才色兼備だが性格に難がありそうな女医、玲子だ。

（これって、本当に必要な検査なのか？）

単に玲子の趣味で、男をいたぶるためにするのではないかと、疑心暗鬼にも陥る。アヌスをほじられるのが、それほどまでに嫌だったのだ。

初体験を迎えた処女のごとく怯えていると、ズボンに手をかけられる。予告もなく、いきなりつるりと剝《む》かれてしまったものだから、健太郎は反射的に身を固くした。

「うう……」

綺麗な女医さんの前で尻をまる出しにした恥ずかしさに、涙がこぼれそうになる。この体勢では肛門はもちろん、玉袋も見えているはずだ。

そして、少しの間があったあと、アヌスに何かが触れる。ヌルヌルとこすられ、むず痒さに尻をくねらせてしまった。

当然ながら、玲子は医療用の薄い手袋をしているはず。指を挿れやすいように、ローションか何かをつけているのだろう。

「それじゃ、力を抜いて」

言われるなり、肛門にめり込んでくるものがある。健太郎は反射的に身を強ばらせた。犯されたくないという本能が働いたのだ。

「ほら、力を抜くの。リラックスして」

そうしたいのはやまやまだが、どうしても力が入ってしまう。そもそも、バックバージンを奪われようとしているのに、どうしてリラックスなどできようか。

「まったく……指が入らないじゃない」

ブツブツとこぼしながら、玲子はどうにか指をねじ込もうとする。しかし、力を込められれば込められるほど、抵抗も自然と大きくなるのだ。

「ああ、もう」

いよいよ苛立ってきたらしい。指をグリグリと回転させても、堅固なアヌスは受け入れようとしなかった。

「まったく、強情なケツの穴ねえ。これなら、おカマを掘るほうはキュウキュウ締めつけられて、さぞかし気持ちがいいんじゃないかしら?」

美しい女医とは思えぬ品のない発言に、健太郎は目を白黒させた。これではますます尻の穴を委ねるわけにはいかないと、懸命に括約筋を引き絞る。

「これじゃ無理だわ」

とうとう音を上げた玲子に、健太郎は安堵した。ところが、尻の童貞を守り通した喜びにひたったのも束の間、

「四つん這いになってちょうだい」

と、新たな命令を下される。

どんなポーズだろうが、絶対に侵入させるものか。健太郎はこれが検査であることも忘れ、ほとんど意地になっていた。

しかしながら、両肘と両膝をついて尻を掲げる体勢をとるなり、腿の付け根あ

たりで止まっていたズボンを膝まで脱がされてしまう。上は脱いでいるから、素っ裸も同然。もちろん恥ずかしいところもまる出しだ。横臥のとき以上に肛門もあらわになっているに違いなく、羞恥で頬が熱くなる。

それでも、バックバージンを守るべく気を引き締めていたのだが、

「あああ」

下半身を襲った甘美な衝撃に、文字どおり腰くだけになった。何と、玲子が陰嚢をすりすりとさすったのである。

「ここ、撫でられると気持ちいいでしょ？」

含み笑いの問いかけに、健太郎は何も答えることができなかった。快感を与えられ、海綿体が充血する兆しを示したものだから、焦っていたのである。こんな状況で勃起などしたら、何を言われるかわかったものじゃない。

けれど、そんなこと気にしている場合ではなかった。

「うわあああッ！」

思わずのけ反って悲鳴をあげる。何かが排泄口を深々と貫いていた。

（しまった、犯された）

ほんのちょっと油断したあいだに、玲子の指が肛穴を侵略したのだ。

「やっと入ったわ」

満足げな声に続いて、指が腸壁をほじるような動きをする。途端に、奇妙な疼きが鳩尾《みぞおち》のあたりまで昇ってきた。

(ああ、何だこれ……)

苦しいような、悩ましいような、何とも形容しがたい感覚。だが、下腹をペチペチと叩くものに気がついて狼狽する。いつの間にかフル勃起した分身が、勢いよく反り返って腹を打ち鳴らしていたのだ。

(これが前立腺の効果なのか!)

などと感心している場合ではない。尻の穴をほじられてエレクトしたことを、いささか常識外れの女医に知られるわけにはいかなかった。

しかし、残念ながらすでに手遅れであった。

「あら、オチンチンが大きくなってるじゃない。前立腺を刺激されて感じちゃったの?」

嘲られても何も言い返せない。

「まったく、何を考えてるのよ。これはれっきとした検査なんだからね。風俗か何かと勘違いしてるんじゃないの?」

などと言いながら、玲子が直腸内の指をぐにぐにと動かす。明らかに面白がっているようだ。

「あ、あ、やめ――」

奇妙な感覚がふくれあがり、ペニスがビクンビクンと跳ね躍る。下腹と亀頭のあいだが粘つく感じがあるのは、早くも溢れ出たカウパー腺液が糸を引いているからではないのか。

「むううううっ」

四つん這いの腰がガクンとはずむ。さらに強烈な愉悦が下半身を襲ったのだ。

「こんなに硬くしちゃって。ここは健康体みたいね」

愉しげな玲子の声。股間から手を差し入れ、勃起を握ったのだ。それも、どうやら手袋をしていない手で。指の柔らかさがダイレクトに感じられる。

(嘘だろ……)

どうしてこんなことになったのか、さっぱりわからない。指の進入をずっと拒んでいたから腹を立て、仕返しに出たのだろうか。

あるいは、このまま性感マッサージで射精に導かれるのかとも思ったが、さすがに彼女はそこまで非常識ではなかったらしい。

「うん。前立腺の肥大はないわね」

いちおう診断し、ペニスに巻きつけた指もほどいてくれた。

（ふう、助かった……）

ホッとしたものの、それで終わりではなかったのである。

「さ、仰向けになりなさい」

肛門に指を挿れたまま、玲子が命令する。

「え、仰向け？」

「ほら、早く」

まだ何か診断することがあるのか。しかし、串刺しにされたままでは身動きがとれない。

「あ、あの、だったら、指を抜いてもらえませんか？」

しかし、このお願いは「駄目よ」とにべもなく撥《は》ねつけられる。

「一度抜いたら、また挿れるのが面倒だもの」

どうやら仰向けの姿勢で検査することがあるようだ。仕方なく、健太郎はうーうーと唸りながらいったん横臥し、そろそろと仰向けの姿勢になった。

「邪魔だから取るわよ」

そして、膝に絡まっていたズボンも奪われ、とうとう丸裸である。

健太郎は自然と両脚を掲げ、おしめを替えられる赤ん坊のようなポーズになった。尻の穴に指を挿れられていると、どうしてもそうなってしまう。

「いい格好ね」

美しい女医に小馬鹿にされ、嘲りの笑みを浮かべられる。下腹にへばりつく欲棒をまともに晒したまま、どうすることもできない。

「こんなみっともない格好なのに、オチンチンはギンギンなのね」

玲子が直腸内の指を動かす。前立腺を刺激され、分身がまたビクンとしゃくり上げた。

「ああ、あ、ちょっと――」

たまらず身をくねらせた健太郎にはお構いなく、彼女は再びペニスを握った。肛門の指と連動させ、緩やかにしごく。

「むうううッ」

脳天を貫くような喜悦に目がくらむ。腰が自然とくねるものの、アヌスにはまった指のせいで自由に動けなかった。

「こんなにガマン汁をこぼしちゃって。ヌルヌルじゃない」

尖端から滴る欲望液を指に絡め取り、敏感なくびれをこする美女医。やはりそちらの手には、医療用手袋をつけていなかった。

おかげで、健太郎はぐんぐんと高まった。

（あああ、まずい）

前立腺を刺激されながらの愛撫は、からだのより深いところで感じるようだ。息が荒ぶり、海綿体が限界以上に充血する。

「すごいわ……こんなに硬いオチンチン、初めてかも」

玲子が悩ましげに眉根を寄せる。健太郎も、十代の頃のような猛々しさに戸惑っていた。

（これ、このままイッちゃったら、かなり飛ぶんじゃないか？）

超音波検査室で射精させられて間もないが、そのとき以上に勢いよくほとばしる気がする。自分の顔にザーメンがかかるぐらいに。

さすがにそれは避けたいと、ふくれあがる射精欲求を懸命に抑え込む。だが、その瞬間は刻一刻と近づいていた。

そのとき、玲子がポツリとつぶやく。

「もう……こんなものを見せられたら、たまんなくなるじゃない」

そして、やっとアヌスの指を抜いてくれたのだ。

「つうう」

その瞬間、腸内のものが一緒に出そうな感覚があり、焦って括約筋を引き絞る。しなやかな手指もペニスからはずされた。

ようやく解放されるのかと思えば、手袋を脱ぎ捨てた玲子が、いきなりベッドにあがってくる。それも、健太郎に白衣の背中を向けて、胸を跨いだのだ。

(え?)

唖然とする目の前で、白衣の裾が絡げられる。さらに、タイトミニもずり上げられ、黒いパンストに包まれたヒップがあらわになった。

(わ、わ、わわっ)

訳がわからずうろたえる健太郎は、意外とボリュームのあるパンスト尻に、瞬時に欲情させられた。ここまでずっと性的な快感を与えられ続けていたのだから当然か。

おまけに、薄いナイロンには、ふっくらした臀部がそのまま透けていた。医者だからノーパン健康法でも実践しているのかと思えば、Tバックの下着を穿いているようだ。

エロチックな光景に目と心を奪われたのは、けれどほんの短い時間だった。なぜなら、Tバック女医が顔に座り込んできたからだ。

「むぷッ」

柔らかな重みをまともに受け止め、健太郎は反射的に抗《あらが》った。ところが、熱く湿った女芯に鼻頭がめり込むなり、淫靡《いんび》な匂いを嗅いで動きが止まる。

（ああ、これは――）

そこにこもっていたのは、蒸れた秘臭だった。汗だけでなく、様々な分泌物を吸い込んだクロッチが熟成され、濃厚な女くささを放っている。

それはチーズのようであり、発酵しすぎたヨーグルトのようでもあった。さらに、オシッコの拭き残しらしき磯くささも嗅ぎ取れたのである。

高学歴の女性には似つかわしくない、いささかケモノじみた臭気。それゆえに、妙に昂奮させられたのも事実だ。現に、股間の一物は昂ぶりを得て、下腹から浮きあがって小躍りする。

（すごすぎる……）

秘められたところの匂いばかりでなく、顔面でひしゃげる熟れ尻の感触もたまらない。ぷりぷりして弾力があり、パンストのザラッとしたなめらかさにも官能を高められる。

顔面騎乗の体勢をとった玲子は、腰を前後に振りだした。陰部を牡の鼻面にこすりつけて快感を得るつもりだと、健太郎は即座に理解した。

人間ドックの受診者をオナニーの道具に使うとは、なんて破廉恥な女医だろう。これでは人間ドックならぬ人間ドッグ。ほとんどバター犬扱いではないか。

しかしながら、この状況に昂奮を高められたのも確かなのである。

「あん、あん、気持ちいい」

聞こえてくる玲子の艶声は、甲高くてやけに可愛らしい。もっと感じさせたくなって、健太郎は鼻を左右にぐにぐにと動かした。

「あ、あっ、それいいッ」

彼女が極まった声をあげ、いっそう大胆に腰を振る。クロッチの湿り気も顕著になった。欲望の蜜汁を、トロトロとこぼしているに違いない。

このままイクまで続けるつもりなのだろうか。健太郎がぼんやり考えたとき、玲子が上半身を前に倒した。続いて、屹立の尖端を強く吸われたものだから、腰がガクンと跳ねる。

「むふぅ」

熱い息が吹きこぼれ、パンストの股間を熱く蒸らす。彼女がペニスにしゃぶりついたのだと、気がついたのは一拍遅れてからだった。

自分ばかりが昇りつめるのではもの足りないと感じたのか。あるいは、自身が勃起させた後始末をしようとしたのか。

どちらにせよ、それは明らかに射精を促す吸茎であった。陰部を健太郎の鼻面にこすりつけながら、頭を上下させて強ばりを唇でしごいたのである。しかも、舌をねっとりと絡みつかせて。

ピチャピチャ……ちゅぱッ――。

卑猥な舌鼓《したつづみ》が体幹を伝わってくる。みだりがましい淫臭だけで、昇りつめそうなほど昂ぶっていたのだ。健太郎は為す術もなく、全身をピクピクと痙攣させた。

（ああ、まずい）

歓喜のトロミがペニスの根元に溜まり、放出を待ちわびて煮えたぎる。目の奥に火花が飛び散り、爆発は避けられそうになかった。

それでもどうにか健太郎が忍耐を振り絞ったのは、先に玲子を絶頂させなければならないと悟ったからである。

彼女が昇りつめる前に射精したら、きっと怒りを買うだろう。おそらくまた肛門に指を突っ込まれ、前立腺を刺激されるに違いない。ほとんど確信に近いものがあった。

健太郎は鼻を縦横に動かして、湿った陰部をこすりまくった。玲子の腰の動きから、最も敏感な部位を見極めると、そこを狙ってグリグリと抉る。

「むふふぅうう、ンうう」

肉根を頬張ったまま、鼻息を荒くする美人女医。陰嚢の縮れ毛が温かな風でそよいだ。

間もなく、女体が悦楽の頂上へと至る。ピクッ、ビクンと艶腰がわななき、むっちりした内腿で健太郎の顔を挟み込んだ。

「むううう、う、ンふッ！」

最後にパンスト尻がぎゅんとすぼまる。間に合ったと、健太郎は己の手綱を解き放った。蕩ける悦びにまみれて、粘っこい体液を放出する。

その瞬間、玲子が亀頭を強く吸ったのである。

「むぐぅううっ！」

目のくらむ快美が腰椎を砕けさせる。かつてないスピードで、ザーメンが尿道を駆け抜けた。

まれた。

びゅくんッ——。

亀頭がはじけた感覚があった。続いてドクドクと熱い体液がほとばしる。

（ああ……出しちまった）

健太郎は気怠い快さにまみれつつ、とんでもないことをしたという後悔にも苛まれた。

「ま、前立腺に異状はないようだから、安心していいわ」

身繕いをした玲子が椅子に腰掛け、今さら取り繕ったことを言う。ベッドの脇で検査着に袖を通しながら、健太郎は「はあ」と力なくうなずいた。まだオルガスムスの余韻がからだのそこかしこに残っていたのだ。

彼女は口内に放たれた精液を、すべて飲んでしまったはずだ。けれど、そんなことはおくびにも出さない。相変わらずクールな面持ちで、顔面騎乗で昇りつめたのが嘘のように平然としている。

ただ、口紅がほとんど落ちており、そこだけがフェラチオのあとであることを如実に示していた。

急いでズボンを穿いたので確認していないが、ペニスに口紅が移っているかも

しれない。そんなことを考えて悩ましさを覚えたとき、

「あ、それから――」

玲子が何かを思い出したふうに指をパチンと鳴らした。

「肛門のすぐ内側のところに何かあったみたいだから、専門医に診てもらったほうがいいわよ」

「え、何かって、何ですか？」

「それがわからないから、診てもらいなさいって言ってるの。単なるポリープかもしれないけど、腫瘍の類いだったら嫌でしょ？」

「じゃ、じゃあ、検査入院のときに――」

「ああ、それは無理よ。ウチの病院に肛門科はないから。他を当たってちょうだい」

無責任なことを言い放ち、玲子は白い歯をこぼした。

「それじゃ、お疲れ様。わたしも気持ちよかったわ」

艶っぽい微笑に、健太郎は尻の穴が疼くのを覚えた。

第二章　前門の指、後門の剃刀

1

早急に手を打たねばならない病巣だったら、えらいことだ。検査入院の前に、本物の入院をする羽目になったらシャレにならない。

人間ドックから帰ると、健太郎はさっそく肛門科のある医院をネットで探した。すると、思いがけず近くにあることがわかった。いつも通勤で利用する駅の改札口の、線路を挟んだ反対側にあったのだ。

(だけど、あんなところに医院なんてあったかな?)

診療科目は肛門科のみだから、玲子の言った専門医に間違いあるまい。シモの病気を診るため、あまり目立たないような佇《たたず》まいにしているのか。特に女性など、でかでかと肛門科なんて表示してあるところには入りづらいだろうから。

診療時間は午前と、午後は三時から五時までだ。明日もやっていることを確認し、会社を早退して行くことにした。

　翌日、人間ドックで言われたので肛門科を受診すると理由を告げて、課長に早退を申し出ると、

「そうか、大変だな」

と、珍しく心配そうな面持ちを見せてくれた。彼は痔持ちのはずだから、同情したのかもしれない。

ただ、こちらは痔ではない。今のところ何なのか定かではないものなのだ。あいにく尻の穴は丈夫で、切れたこともイボができたこともない。だからこそ、玲子の指をあれだけ拒むことができたのである。

(兄弟でイボ痔になったら、これがホントのイボ兄弟ってか)

　くだらないことを考えながら、健太郎は会社からの帰りに、さっそくだんの肛門科へ向かった。名前は堀《ほり》医院。肛門科なのに縁起でもないと思ったものの、背に腹は代えられない。

　幸いにも、そう歩き回ることなく、堀医院を見つけることができた。そこらは昔からの家屋が建ち並ぶ一角で、ほとんど紛れるように古びた医院があったのだ。表示も大きな看板などなく、色あせた小さなものがあるだけ。

（今も開業してるのかな？）

一抹の不安を覚える。雰囲気的に堀医院ではなく、藪《やぶ》医院という名前のほうがお似合いだと感じた。

いちおうサッシ戸に替えられている引き戸を開けると、入ってすぐのところが待合室だった。上がり口にスリッパが並んでいるから、ちゃんと診察を受け付けているらしい。

ただ、狭い待合室には誰もいない。ベンチタイプの椅子が壁際にふたつほど置かれているだけのそこは、埃をかぶっている様子こそないものの、時代に取り残されているかのよう。小さな本棚に置かれた雑誌も、何年前のものか定かではないほどに古くてボロボロである。

おまけに待合室も、受付の向こうにあるらしき診察室も、明かりが点いていない。まだ昼間なのに、妙に薄暗かった。

（早すぎたのかな？）

しかし、壁の時計を見れば、三時十分前である。そろそろ受付を初めてもいい頃合いなのだが。

健太郎は受付の小窓を開けてみた。果たして向こう側に診察室が見える。だが、誰もいない。

とりあえず診療時間まで待つかと、ベンチ椅子に腰掛ける。本棚にあった女性誌を手に取れば、五年も昔のものだった。表紙に「緊急速報」の文字とともにスキャンダル記事の見出しが躍っているが、速報という言葉をこれほど虚しく感じたことはない。

読んでも意味はないと雑誌を戻し、三時になるのをひたすら待つ。ところが、三時になっても、さらに五分が過ぎても、受付が開始される様子はなかった。

（本当にやってるのか、ここ？）

こちらは不安を抱えて来院しているのである。医者ならもっと患者の身になって行動すべきだ。定刻になっても現れないなど言語道断。医療に携わる者の風上にも置けない。

ひとり憤りを募らせていた健太郎は、三時十分を過ぎたところでいよいよ我慢できなくなった。受付の小窓を荒々しく開けると、

「あの、すみません」

奥に向かって声をかける。しかし、一度だけでは誰も現れず、三度呼んでも反応がない。

「誰かいないんですか!?」

怒気を含んだ四度目の呼びかけで、ようやく診察室に明かりが点いた。

「はい、何でしょうか?」

現れたのは白衣姿の、二十歳そこそこと思しき若い娘であった。ここの看護師なのだろうか。

「あの、診察をお願いしたいんですけど」

声のトーンがすっかりおとなしくなったのは、彼女が目のぱっちりした愛らしい面立ちだったからだ。たしか人気アイドルグループのメンバーに、似た子がいなかっただろうか。

「では、お入りください」

受付のすぐ横にあるドアが開けられる。健太郎は怖ず怖ずとそこから入室した。

その診察室は、昨日の玲子がいたところとは、真逆の様相であった。パソコンなどないし、置かれてある医療器具もすべて古めかしい。壁の色は同じでも、こちらは高級感のかけらもない、ただ古いだけの板壁だった。

驚いたのは、看護師だとばかり思っていた若い娘がデスクの椅子に腰掛けたことである。そして、

「どうぞお座りください」

と、すぐ前にある丸椅子を勧める。

(え、この子がここの医者なのか?)

半信半疑で椅子に腰掛け、

「ええと、堀先生ですか?」

訊ねると、彼女は「はい」とうなずいた。

「堀美津江《みつえ》です」

名乗られては、納得しないわけにはいかない。

(見た目が若いだけで、本当は医者になれる年齢なんだな)

ということは、二十五、六歳か。この医院も、親がやっていたのを継いだのではないか。

「ところで、どうされましたか?」

問いかけられ、答えることに躊躇したのは、いくら医者でも相手が若い女性だからだ。それも、昨日の玲子より明らかに若い。最初に二十歳前後かと思ったぐらいに、あどけなさすら感じるほどなのだから。

しかし、恥ずかしがっていては診察してもらえない。恥よりも命が大事と、健太郎は心を決めた。

「実は、昨日人間ドックに行ったんですけど――」

前立腺の触診のあと、肛門の内側に何かあるから、専門医に診てもらうよう言われた旨を伝える。もちろん、シックスナインで射精に導かれたことは隠して。

「なるほど、わかりました。では、さっそく肛門を診ましょう」

若い女医がためらいを示さずに告げる。てきぱきとした態度に、健太郎は安心して身を任せられる気がした。

しかしながら、

「では、下をすべて脱いで、このベッドに上がってください」

この指示には、戸惑わずにいられなかった。

「あの、すべてっていうことは、パンツもですか？」

「はい。でないと、肛門が診られませんから」

もっともな意見である。

「脱ぐっていうか、ずらすだけじゃ駄目なんですか？」

「はい。ちゃんと脱いでください。邪魔なものがあると、診察のための姿勢がうまくとれなくて、肛門が診られないんです」

そこまできっぱりと言われては、従うより他ない。

美津江がじっと見ていたものだから脱ぎづらかったものの、健太郎は下半身のものを靴下も含めてすべて脱ぎ、カゴに入れた。そして、ちょっと考えてからスーツの上着も肩からはずす。着たままではかえってみっともない気がしたからだ。アダルトビデオにありがちな、セールスマンが訪問先のお宅で人妻に誘惑され、下だけを脱がされてペニスをしゃぶられるときみたいで。

ところが、「ワイシャツも脱いでください」と美津江が言う。

「え、どうしてですか？」

「裾で肛門が隠れてしまいます」

それも確かにそのとおりだ。結局、健太郎はランニングシャツ一枚という、全裸よりもみっともない格好で診療用ベッドにあがった。

厚手のビニールでカバーされたそのベッドは、他の病院にあるものよりも寝台の位置が高い。肛門を診るために、このぐらいの高さが必要なのかなと考えていると、

「では、四つん這いになってください」

若い女医の指示にギョッとする。

「え、四つん這いですか？」

「そうです。でないと、肛門がちゃんと見えませんから」

このひとはさっきから何回「肛門」と言っただろうか。若い娘がはしたないと思ったものの、彼女は医者で、これは診察なのだ。決していやらしい意味合いではない。よって、いくら恥ずかしくても、言われるとおりにしなければならないのだ。

自らに言い聞かせ、健太郎は狭いベッドの上で両膝と両肘をついた。昨日、同じポーズをとったあとに、玲子にアヌスを犯されたことを思い出しながら。

美津江は健太郎の後ろ側に立っている。羞恥部分をまともに見られているのだ。耳がどうしようもなく熱くなる。ところが、

「ああ、これじゃダメですね」

彼女がいきなりそんなことを言ったものだから、恥ずかしさが消し飛ぶほどに驚いた。ひと目見てわかるほどに悪いというのか。

「だ、駄目って……治らないってことなんですか？」

泣きそうになってふり返ると、美津江はきょとんとした顔を見せた。

「いえ、そうじゃなくて、毛が邪魔なんです」

「え？」

「あなたの肛門のまわりに毛が生えているから、診察できないんです」

そこに毛が生えていることはわかっている。じっくり観察したことなどないから、どの程度かは定かではないが、診察できないほどだとは思わなかった。

「だけど、人間ドックでは、そんなこと言われませんでしたけど」

「ただ指を挿れるだけなら、毛は関係ないでしょうね。だけど、詳細に調べるとなると邪魔なんです。器具に引っかかりますし、衛生的にもよくありません」

たしかにそうかもしれないなと、健太郎はいちおう納得した。

「ええと、では、どうすれば——」

「剃ってもよろしいですか？」

「え、剃る？」

「あなたさえよろしければ、わたしが剃りますけど」

自分で剃ることはできないし、ここは任せるしかなさそうだ。

「では、お願いします」

「わかりました。そのまま少々お待ちください」

美津江が剃毛の準備をするあいだ、健太郎は四つん這いの姿勢のまま待った。

横目で確認すれば、タライにシェービングフォームに安全カミソリと、少しも医療器具らしくないものばかりが用意されている。まあ、毛を剃るのに医療用も一般用もないのかもしれないが。

(借金取りに尻の毛まで毟られるなんて話はあるけど、まさか女医さんに尻の毛を剃られるなんて)

状況が特殊すぎて、慣用表現にはなりそうにない。などと、どうでもいいことを考えていると、

「では、剃りやすくするために、少し温めますね」

と、声をかけられる。

(え、温める?)

いったいどうやってと首をかしげるなり、尻の谷におしぼりが当てられた。それも、けっこう熱めのものが。

「うひッ」

いきなりだったから、妙な声を出してしまう。

「あ、ごめんなさい。熱かったですか?」

「い、いや、だいじょうぶです」

みっともない反応を示したことが恥ずかしく、健太郎は醜態を誤魔化すように

かぶりを振った。

要は床屋でヒゲを剃るときと同じこと。肌を傷つけないように、きちんと蒸らしてくれるのだ。

(ここまでするってことは、毛を剃ることに慣れているんだな)

診察の前に剃毛したことが、何度もあるようだ。そうすると、肛門科ではごく普通にされている行為なのか。近ごろでは女性にも痔持ちが多いと聞いたことがあるけれど、毛深いひとは同じように剃られるのだろうか。

痔を患《わずら》っているだけでも恥ずかしいのに、肛門の毛まで剃られるのは、かなりの屈辱に違いない。会ったこともない痔持ちで毛深い女性に、健太郎は心から同情した。

「そろそろいいみたいですね」
二、三分ほども経ってから、おしぼりが外される。さらに、谷底をぐいっと拭われたものだから、健太郎は狼狽した。アヌスをこすられて不覚にも感じてしまったためと、妙な汚れが付着しなかったか気になったのだ。
しかし、美津江は特に何も言わず、てきぱきと作業を進める。

「では、泡をつけますね」

しゅわわわわっと、スプレー缶からシェービングフォームが出される音がする。

さすがに直に吹きつけることはせず、彼女はそれを手に取ったようだ。

そして、尻の割れ目全体に、丁寧に塗ってくれる。

「うう……」

健太郎は小さく呻き、尻をもぞつかせた。くすぐったかったのと、若い女医に尻ミゾ内を触れられたことに、背徳的な気分を味わったからだ。

しかも、泡のついた指が陰嚢も撫で、思わず腰の裏がゾクッとする。

（え、そこも剃るのか？）

毛があると衛生的にもよくないと言っていたから、かなり広範囲を処理するようだ。

「始めますよ」

声をかけられ、健太郎は身を固くした。いくら安全カミソリでも、動いたらデリケートなところに傷をつけられるかもしれない。じっとしていなければと気を引き締める。

だが、それは決して容易なことではなかった。

（うう、これはたまらない）

毛を剃っているから当然なのだが、美津江は尻のあちこちに触れてくる。医療用の手袋ははめていないようで、指の柔らかさが快い。敏感な谷間をタッチされると、思わずゾクッとしてしまうのだ。

それに、アヌス付近は傷をつけまいとしてなのか、慎重にカミソリを動かす。指も明らかに放射状のシワに触れているから、むず痒い気持ちよさに加えて、あやしい気分にもひたった。

おかげで、ペニスが徐々にふくらみだす。

(う、まずい)

こんなときに不謹慎だと思うものの、こんなときだからこそ勃起したとも言える。気がつけば、ほぼ八割方まで膨張していた。

幸いなことに、美津江は毛剃りに夢中で、性器の変化に気がついていない様子だ。しかし、終わったら見つかるのは確実である。

どうしようと焦るあいだに、カミソリの刃はアヌスまわりを終え、蟻《あり》の門《と》渡《わた》りへと移った。そして、シワシワの玉袋にも指が添えられる。

「そ、そんなところまで剃るんですか?」

健太郎が確認したのは、陰嚢まで刺激されたら、フル勃起は避けられない気がしたからだ。実際、美人女医の玲子にもそこを撫でられ、感じてしまったのである。

「ええ。雑菌が入るといけませんから」

だったらアルコール消毒でもすればいいのではないか。そう反論する前に、若い女医さんに脅されてしまう。

「絶対に動かないでくださいね。ここはシワがたくさんあって剃りにくいんです。ちょっとでも動いたら皮が切れて、中の睾丸が出てきちゃいますよ」

猟奇的な場面が脳裏に浮かび、健太郎は震えあがった。剃毛が再開され、カミソリの刃がシワ肌をすべるたびにドキドキして、生きた心地がしなかった。

おかげで、ペニスが平常に戻ったのは、幸いであった。

2

陰嚢の裏側を剃り終えて、美津江の手が陰部から外される。剃毛したところを濡れタオルで拭われ、健太郎はようやく安堵した。

「では、仰向けに寝てください」

言われて、素直に従ったのは、四つん這いの姿勢に疲れたためもあった。しかし、これだとまともにペニスを見られてしまうことに、仰向けになってから気がつく。

「あ——」

焦って手で隠そうとしたものの、それより早く美津江に握られてしまった。

「あうっ」

思わず声をあげ、腰をガクンとはずませてしまう。しなやかな手指でしごかれ、萎えていた牡器官がたちまちふくらみだした。

「な、何をするんですか!?」

快感に息をはずませて訊ねると、彼女はしれっとした顔つきで言った。

「まだ毛が残っているから剃るんですよ」

「え？　じゃ、じゃあ、そこの毛を全部剃るってことなんですか？」

「だって、キンタマの裏っかわだけ毛が生えていないなんて、みっともないと思いますけど」

若い娘にははしたない発言に、呆気にとられる。それはそうかもしれないけれど、風俗にでも行かない限り、そんなところまで見られないと思うのだが。

（いや、検査入院をしなくちゃいけないんだよな）

大腸の内視鏡検査も受けるのだ。当然、尻の穴や股間を晒すことになる。

（だけど、玉袋の裏側だけ毛がないのと、完全なパイパンとどっちが恥ずかしいんだろう……)

これまで考えてもみなかった二者択一に、健太郎は頭を悩ませた。そのあいだに、愛撫される肉根が完全にいきり立つ。

「で、でも、どうしておれのチンポを勃たせたんですか?」

「勃起してたほうが剃りやすいからです。キンタマも持ち上がって、カミソリが使いやすいんですよ。そんなこともわからないんですか?」

これまで一度だってキンタマを剃ったことがないのだ。わかるわけがない。

「では、泡をつけますからね」

相変わらずてきぱきと事を進める美津江は、シェービングフォームを陰嚢やペニスの根元に塗りたくった。もはや彼女を止めることは不可能のようだ。

(ああ、本当に剃られてしまうのか)

白い泡の中からにょっきりとそびえ立つ分身は、自分のものではないように映る。それが再びしなやかな指で握られ、根元にカミソリが当てられた。

「さらば陰毛……」

これまでの人生の中で、最も馬鹿げた別れの言葉をそっとつぶやく。泡と一緒に縮れ毛が刈り取られ、肌がわずかにピリッとした。

（そう言えば、おしぼりを当ててくれなかったな）

剃毛だけしか頭になくて、忘れてしまったのか。しかし、今さらお願いしても邪険にされる気がして黙っていた。

やはり慣れているようで、美津江の手の動きはよどみなかった。カミソリについた毛と泡をタライの水で落としては、ジョリジョリと迷いなく剃る。その間も左手はずっとペニスを握っており、時おり無意識にか軽くしごくものだから、腰が震えそうになった。

（動いたら駄目なんだからな）

陰部に傷などつけられてはたまらない。健太郎は必死で堪えた。

シワの多い陰嚢も無事に剃り終え、最後に濡れタオルで拭われる。

「できたわ」

つぶやいた美津江が満足げに口角を持ちあげる。彼女が初めて見せた笑顔に、健太郎は図らずもときめいた。

（やっぱり可愛い子なんだな）

そんな娘から陰部の毛を剃られたのだ。しかも、ペニスまでしごかれたのである。今さら信じ難く思えてきた。

毛のなくなった一物は、勃起しているせいでやけに生々しかった。不思議なことに、よりケモノっぽく感じられる。

剃毛道具を片づけた美津江に告げられ、健太郎は我に返った。

「では、診察しますね」

「あ、はい。お願いします」

「両膝を抱えて、肛門が見えるようにしてください」

言われたとおりに、寝転がったまま脚を折って掲げ、M字開脚のポーズをとる。ずっと股間を晒し、剃毛もされたあとだから、まったく恥ずかしくなかった。

と、股ぐらの向こうにいる美津江が、人差し指を口に含んだものだから（え？）となる。唾液をまといつかせると、それをアヌスに当てたのだ。

手袋をつけないのは、内部の細かな変化を見極めるためなのか。そう解釈することはできたものの、唾をローション代わりにするとは。

（さっき、衛生的にどうとか言ってなかったか？）

頭の中に浮かんだ疑問符も、すぼまりをヌルヌルとこすられることで消し飛ぶ。くすぐったいような快感に、そこが自然とほころぶのを感じた。

玲子のときは、無理やり挿れようとしたから抵抗したのだ。けれど、美津江は意図してかしないでか、肛穴を愛撫するように刺激する。しかも、ナマの指で清涼な唾液を塗り込めてくれるのだ。

「う、ああ……」

たまらず声を洩らしてしまう。ペニスもビクンビクンと跳ね躍った。

そして、指先が難なくヌルリと入り込む。

「あうっ」

反射的に括約筋を締めてしまったものの、指を小刻みに出し入れされ、たちまち腰砕けになる。むず痒いような気持ちよさがあったのだ。

(そんな……尻の穴に指を挿れられて感じるなんて)

前立腺を刺激されているわけではない。指はせいぜい一、二センチぐらいしか侵入していないはずだ。なのに、腰をくねらせずにいられないほど気持ちいい。

このままでは危ない道にはまってしまうのではないか。息を荒ぶらせながら頭をもたげた健太郎は、美津江が眉間にシワを寄せ、難しい顔を見せていたものだからギョッとした。

(ひょっとして、何かとんでもない病気なのか!?)

玲子も専門医に診てもらえと言ったのだ。ひょっとして、命に関わるような病気なのか。肛門の病をこじらせて死ぬようなことになったら、葬儀の参列者に何と説明すればいいのだろう。

（戒名も穴《あな》留病求道居士《るやまいぐどうこじ》とかになるんじゃないか？）

遺影も尻の穴のどアップ写真にされるかもしれない。そんなことになったら、いい笑いものだ。

「あの……そんなに悪いんですか？」

泣きそうになって訊ねると、美津江が「え？」とこちらを見る。

「ああ、えと——わからないんです」

「え、お医者さんなのに？」

ついストレートな疑問を投げかけてしまうと、彼女はあからさまにムッとした。

「あなたのせいなんですよ」

「え、おれの？」

「勃起しているから、肛門内部の感触が普段と異なっているんです。だから病巣の状態がわからないんです」

本当にそうなのかと、健太郎は首をかしげた。だが、今もアヌスを刺激されてペニスが脈打ったから、肛門と陰茎は連動しているのかもしれない。

「ほら、さっさと小さくしてください」

美津江が不機嫌をあらわに命令する。医者なのにと言われたことが、よっぽど悔しかったのか。だが、もともと彼女が勃起させたのだ。

（そんなの勝手すぎるだろ）

健太郎も憤然となった。だからつい、挑発的に言い返してしまったのである。

「そんな、言われてすぐに小さくなるわけないですよ」

「射精すればいいでしょ」

「は？」

「オナニーすればいいじゃないですか。見ててあげますから、自分でシコシコしてください」

美津江がアヌスの指を抜く。直腸にはまっていたところの匂いを嗅ぎ、わずかに眉をひそめてからウエットティッシュで拭った。

しかし、そういう露骨な振る舞いよりも、健太郎は自慰を促されたことにショックを受けていた。

（オナニーって……ここで？）

しかも彼女は、見ててあげるとまで言ったのだ。

「いつまで肛門を見せてるんですか?」

侮蔑の視線を向けられ、慌てて折り曲げていた脚をのばす。だが、ショックを受けたあとも、ペニスは凜然となったままであった。

美津江が椅子をベッドの横に置き、腰掛ける。腕組みをして脚も高く組み、本当に見物するつもりらしい。

「さ、始めてください」

顎をしゃくって促され、反射的に屹立を握る。途端に、快美電流がからだの芯を伝った。

(ああ、何だこれ……)

いつも自分でするときとは、感覚が異なっていた。陰毛がないのもそうだが、より深いところで感じているふうなのだ。

そのため、ほとんどためらうことなく、手を上下させてしまった。

「むふぅ」

太い鼻息がこぼれる。腰がくねり、両膝をこすり合わせずにいられない。

「あん、ホントにしちゃってる……」

美津江のつぶやきが聞こえる。自分がしろと言ったくせに、ホントにしちゃってるもないもんだ。

けれど、愛らしい娘の視線を浴びて、妙にゾクゾクしたのも事実である。見られながらオナニーをするのなんて、もちろん初めてだ。ひとりでするよりもずっと気持ちがいい。若くてチャーミングな女医さんに見せつけているから、こんなにも感じるのだろうか。

ただ、得ている悦びは大きいのに、なかなかイケそうになかった。カウパー腺液ばかりがいたずらに湧出され、強ばり全体がヌルヌルになっているというのに。

美津江の様子を窺えば、濡れて赤みを帯びた秘茎をじっと見つめ、どこか悩ましげな表情だ。両手は白衣の裾と一緒に太腿に挟み込まれ、心なしかヒップがモジついているよう。男のマスターベーションに昂奮させられ、たまらなくなっているのではないか。

（これなら、誘えば協力してくれるかもしれないぞ）

さっきだって頼まれずともペニスを握り、しごいて勃起させたのだ。そこまでは無理でも、パンチラぐらいなら見せてくれるかもしれない。

「あの――」

思い切って声をかけると、細い肩がビクッと震える。

「え、な、なに？」

焦りをあらわに返事をしてから、彼女は頬を真っ赤に染めた。つい見入ってしまったことを恥じたのだろう。

「このままだとイケそうにないんで、協力してもらえるとありがたいんですけど」

申し出に、美津江は戸惑いを浮かべた。

「協力って？」

「さっきみたいにしごいてもらえれば、すぐに射精すると思うんです」

愛撫を求めると、露骨に顔をしかめる。さすがに図々しすぎたかと、健太郎はお願いを変えた。

「それが無理なら、せめて下着とか見せていただけると助かります」

「なによ、わたしをオナニーのオカズにするつもりなの？」

気分を害したのか、言葉遣いまで粗雑になる。だが、ここで引き下がるわけにはいかない。

「お願いします。でないと射精できなくて、ここが小さくなりません。それだと診察をしてもらえないし、手遅れにでもなったら困るんです」

悲愴をあらわに訴えると、彼女は仕方ないというふうに受諾した。

「わかったわよ、もう……」

立ちあがり、ベッドの脇に立つ。白衣の裾に手をかけたから、中のスカートごとめくってパンティを見せてくれるのかと、健太郎はワクワクした。

ところが、そのままベッドに上がってきたものだから驚く。

(え、え？)

何が始まるのかと狼狽する健太郎の胸を、美津江が膝立ちで跨ぐ。それも、白衣に包まれたヒップを向けて。

(まさか——)

玲子のように、顔面騎乗をしてくれるのか。期待が気球のごとくふくらんだものの、彼女は後ずさりをして顔を跨いだだけであった。

「ほら、これで見えるでしょ」

白衣の下はミニスカートだ。当然ながら下着がまる見えになる。それは清楚な純白のパンティであった。

(ああ……)

胸に感動が広がる。陰部に食い込み、卑猥なシワをこしらえるクロッチの、なんといやらしいことか。期待どおりにはいかなかったものの、これはこれで有りだという心持ちになった。

気のせいか、発酵した乳製品を連想させる匂いがこぼれてくるよう。いや、よくよく見れば、下着の中心部分が黄ばんでいる。これは秘められたところの媚臭に違いない。牡の自愛行為に昂ぶって、秘部を蒸らしているのだ。

卑猥な光景に、健太郎も昂奮する。いっそう硬くなった分身を忙しくしごきたてれば、美津江がベッドに手をついて前屈みになった。今度は真上からオナニーを観察するつもりらしい。

「やん……こんなに腫らしちゃって」

悩ましげなつぶやきが聞こえ、ヒップがくねる。先走りでヌラつき、はち切れそうになっている亀頭に、熱い眼差しを注いでいるのだろう。

そうとわかって、ますます手の運動に熱が入る。上下する包皮が粘つきを巻き込み、クチュクチュと猥雑な音を立てた。

（え？）

パンティの食い込み部分に濡れジミを認め、健太郎は目を凝らした。それは見ているあいだにも、少しずつ大きくなる。外側にまで染み出すほどに、淫らな蜜をこぼしているのか。なまめかしい香気も強まり、牡の劣情をかき立てる。

（ああ、顔に乗ってくれないかなあ）

湿った陰部に鼻を埋めたい。いやらしい匂いを、心ゆくまでクンクンしたい。

すると、熱望が通じたのか、美津江の腰が徐々におりてきた。それだけでなく、顔もペニスの直上まで近づいている。亀頭に温かな息がかかったからわかった。

いつしか女体そのものが、牡にかぶさる体勢になっていた。こすられる肉根をよく見ようとして、自然とそうなったのだろう。

（うう、も、もっと）

健太郎は頭をもたげ、クロッチに鼻面を寄せた。もう少しというところで密着は叶わなかったものの、濃厚になった秘臭を堪能することができた。

（ああ、これが……）

クセのあるチーズのような悩ましい匂い。乾いた唾液に似た感じもあった。

真っ正直なフェロモンに、頭の芯が痺れるほど昂揚する。フガフガと鼻を鳴らしながら、健太郎は悦楽の高みへと行き着いた。

「むはっ、は——むふぅうう」

鼻息を荒ぶらせ、牡のエキスを勢いよく噴きあげる。

「キャッ」

美津江が悲鳴をあげ、上から飛び退《の》く。かなり接近していたようだったから、ザーメンが顔にかかったのではないか。

けれど、そんなことにはおかまいなく、健太郎は歓喜に脈打つ分身をしごき続け、充足した快さにひたった。

3

「ったく、いきなり出すなんて……」

ブツブツとこぼしながら、美津江がウエットティッシュで顔を拭う。やはり精液がかかったようだ。

健太郎のほうは、強烈なオルガスムスのあとでぐったりして、彼女を気遣う余裕などまったくなかった。ベッドの上で手足をのばし、ただ胸を上下させるのみ。

「ちょっと、どういうことよ!?」

いきなり罵られてドキッとする。

「え?」

「そんなにたくさん出しておきながら、どうして小さくならないのよ?」

忌々しげに言われ、頭をもたげて下半身を見る。

（嘘だろ……）

健太郎は、我ながらあきれ返るしかなかった。

シャツの裾から下腹部、太腿にかけて、濃厚な白濁汁が飛び散っている。ドロドロして固まりに近いそれらは、独特の青くさい香気を漂わせていた。

その中心で、牡のシンボルはピンとそそり立ったままだったのだ。筋張った肉胴に、滴ったザーメンをまといつかせて。

「自分ばっかり気持ちよくなっておきながら、まだギンギンだなんて。こんなの不公平だわ」

憤りをあらわにした美津江が、白衣の裾から手を入れる。ためらいもせず純白の下着を脱ぎおろしたものだから、健太郎は度肝を抜かれた。

（え、え、なんだ？）

訳がわからず固まっていると、彼女が再びベッドに上がってくる。顔を跨いだのは同じだが、今度はさっきとは逆向きで、健太郎を見おろしながら。

「わたしも気持ちよくしてよ」

そう言って、白衣とスカートを大胆にめくり上げる。

（わっ！）

逆立つ秘毛があらわになり、健太郎は仰向いたままのけ反った。

若き女医の叢は、かなり濃い。よく縮れた毛が伸び放題というふうだ。範囲も広く、かなり後ろのほうまで群れている様子である。

もしかしたら、剃毛したのは毛深いというコンプレックスの裏返しなのだろうか。そんなことを考えているあいだに、視界の両側から入った指が群毛をかき分け、くすんだ色合いの女陰をあからさまにした。

大ぶりの花びらをはみ出させたそこは、淫靡に濡れ光っていた。オナニーを見物しながら、やはり恥蜜をこぼしていたのだ。酸味の増した淫臭がむわっと漂ったのは、陰毛の狭間に溜まっていたぶんも解放されたからではないか。

「ほら、舐めて」

淫蕩な眼差しを見せた美津江が、腰を落としてくる。濡れた女芯が口許に密着すると同時に、縮れ毛が鼻の穴にもぐり込んだものだから、危うくくしゃみをしそうになった。けれど、濃密な秘香も鼻奥にまで侵入し、思わずうっとりする。

（ああ、すごい……）

わずかにツンと刺激的なのも好ましい。

パンスト越しに嗅いだ玲子のかぐわしさとは、趣が異なっていた。あちらは熟成された風味であったが、こちらは幾ぶんくっきりして、鋭い感じがある。個人差ばかりでなく、年齢による違いもあるのではないか。

「ね、ねえ、舐めてよ」

美津江が焦れったげにおねだりする。正直すぎる秘臭を嗅がれている自覚がないのか、今は己の快感のみを求めているふうだ。

ならばと、舌を恥裂の狭間に差し入れる。粘っこい蜜汁がトロリとこぼれ、それはほんのりしょっぱかった。

「あふッ」

若い女体がのけ反り、意外と肉づきのいい内腿が細かく痙攣する。さらに舌を縦横に躍らせれば、美津江はあられもなく乱れだした。

「ああ、あ、それいいッ」

クンニリングスが好きらしい。鋭敏な反応を示し、舐めてもらいたいところが舌に当たるよう、自ら腰の位置を調節する。

お気に入りはやはりクリトリスのよう。敏感な肉芽を狙って吸いねぶると、艶声が一オクターブも跳ねあがった。

「くうううー、か、感じるぅ」

のけ反って後方に両手をつき、若腰をビクッ、ビクンと震わせる。新たな蜜がトロトロと溢れ、健太郎はそれで喉を潤した。

（かなり濡れやすいみたいだぞ）

それだけ昂奮しやすいとも言える。あるいは、男の毛を剃っていたときから、女芯を湿らせていたのかもしれない。

（まったく、なんて破廉恥な医者だろう）

玲子もそうだったが、女医というのは基本的に淫乱なのだろうか。もしかしたら、高学歴ゆえにそうなるのかもしれない。若い頃、男と付き合うことなく勉学に励んできた反動が出るのだとか。

あれこれ想像しながら舌を躍らせていると、美津江が腰を前にずらした。他のところを舐めてほしいらしい。

もしやと思って膣口に舌を差し込めば、唸るような声が聞こえた。

「くううう、そ、それもいいのぉ」

舌を小刻みに出し挿れさせると、「おうっ、おうッ」と海の哺乳類みたいによがる。より深いところで感じているふうだ。

(ああ、挿れたい……)

もうずっと彼女がいなくて、セックスから遠ざかってた。股間の屹立も、その行為を欲して頭を振る。再び洩れだした透明な先汁を下腹に飛び散らせているに違いない。

「ねえ、こ、ここも舐めて」

呼吸をせわしなくはずませる白衣の女医が、腰をさらに前へ出す。その部分の名称こそ口にしなかったものの、アヌスを舐められたがっているのだ。

(さっきは何回も肛門って言ったのに)

今はここなんて代名詞で誤魔化している。自分のこととなると恥ずかしいのか。ともあれ、愛らしい娘のものだから、排泄口だという抵抗は微塵も感じなかった。ためらいもなく舌で探り、秘められたツボミをペロリと舐める。

「きゃふッ」

甲高い声が聞こえたのと、舌がわずかな苦みを感じたのは、ほぼ同時だった。そして、秘肛がキュッとすぼまる。

(ああ、可愛い)

ストレートな反応に愛しさを覚え、さらにチロチロと舐めくすぐる。

「くぅうーン、き、気持ちいい」

美津江は尻穴をヒクヒクさせて喘いだ。肛門科の医者だから、どこをどうすれば感じるのかも分析しているに違いない。まさにアナリストだ。

一心に女医のアヌスをねぶっていると、鼻に粘っこいものが滴る。肛穴舐めに感じて淫蜜を多量にこぼしているのだ。

(なんていやらしいんだ)

この様子だと、アナルセックスも経験済みではないのか。いや、直腸を抉られて昇りつめるまでに、開発されているかもしれない。

「うう、う、気持ちいい……も、我慢できない」

呻くように言うなり、彼女が腰を浮かせる。素早く身を翻《ひるがえ》すと、今度はシックスナインでからだを重ねてきた。

「んぷっ」

ぷりぷりして張りのある若尻が、顔面に容赦なく重みをかける。臀裂にもぐり込んだ鼻が、蒸れた汗の香りを嗅いだ。

「むううううっ」

健太郎は呻いて腰をはずませた。疼いて脈打っていた肉根を、美津江が頬張ったのだ。さっき放った精液がまといついていたのもかまわず、舌をピチャピチャと躍らせてしゃぶる。

(うわ、たまらない)

ペニスが溶けそうに気持ちよく、身をくねらせずにいられない。お返しをしなければと、尻割れに両手をかけて左右に開いた。

(うう、いやらしい)

予想どおり、恥叢は尻の谷間にも生えていた。短めのものが、放射状のシワを囲むように群れている。尾てい骨の近くにも、産毛が濃くなった程度のものがぽわぽわと萌えていた。それこそ動物的な眺めである。だが、若くてチャーミングな娘が尻毛を生やしているという事実だけで、頭の芯が痺れるほど昂奮する。

健太郎は尖らせた舌先で、可憐なツボミの中心をくすぐった。すると、なめらかな尻肌にぷるぷるとさざ波が生じる。大胆にねろりと舐めれば、丸みが切なげにくねった。

こちらも中が感じるのではないかと、充分にほぐれるまでねぶってから指先をあてがう。特に抵抗する様子がなかったので、そのまま侵入を試みた。

「むふっ」

彼女が太い鼻息をこぼし、それが陰囊に降りかかる。毛を剃られた後だから、風がダイレクトに感じられた。

ぴったり閉じていたアナルシャッターが、徐々にこじ開けられる。一度開けばあとはスムーズに指を受け入れ、第一関節までがやすやすともぐり込んだ。

「ぷはっ――」

美津江はペニスを吐き出すと、下半身をワナワナと震わせた。括約筋が指を締めつけ、尻の谷も閉じる。どこか苦しげな反応だ。

けれど、肛門にはまった指を小刻みに動かすと、「ああっ、あ――」と嬌声があがった。

「そ、それ……感じちゃう」

悦びを率直に訴え、手にした強ばりをしごく。唾液に濡れた分身をヌルヌルとこすられ、健太郎も身悶えた。

（本当に、おしりの穴が感じるみたいだな）

もっとも、自分も同じことを彼女にされ、あやしい快感に腰をくねらせたのだ。肛門も人間にとって性感帯であるようだ。

指をくちくちと前後させ、シワが伸びきったツボミを摩擦し続ける。指先の当たる直腸粘膜が、かすかに蠢《うごめ》いているようだ。

「うう……し、舌でいじめてぇ」

美津江が切なげにおねだりをする。指ではなく、舌でピストンをされたいらしい。そんなことができるのかなと疑問を覚えつつ、健太郎は指を後退させた。

「あ、あっ」

焦った声が聞こえ、括約筋がキュッキュッと締まる。自分もそうだったが、違うものまで一緒に出そうな感じがあるのではないか。

指先がはずれた瞬間、アヌスは小さな空洞を見せた。しかし、すぐに閉じて元どおり可憐な外観を呈する。腸内にもぐり込んでいたところに、付着物は何もなかった。けれど、鼻先に寄せて嗅ぐと、胸に迫るような発酵臭がある。

（これがこの子のおしりの匂いなのか……）

究極のプライベートを暴いて、健太郎はゾクゾクした。もう、どんなことでもしてあげたい気になり、ぷりぷりヒップを抱き寄せる。

「あん」

小さな声を洩らしつつ、彼女が重みをかけてくる。健太郎は舌を尖らせると、アヌスへの侵入を試みた。しっかり閉じているから無理な気がしたものの、ほんくすぼまった。

秘肛がなよめかしの五ミリ程度だが、意外とすんなり受け入れた。

「くぅーん。感じるぅ」

子犬みたいに啼くのがいじらしい。舌を小刻みに動かすと、

「あうう、や、やっぱり舌が気持ちいい」

適度な軟らかさや、ヌルヌルとすべる感触がいいのだろうか。熱心に舌ピストンを続けていると、美津江は無毛の陰嚢もさすってくれた。

毛がないから、より感じてしまう。しごかれる肉棒も、最大限の硬さを誇って脈動した。愉悦にまみれたそこが、またほとばしらせてしまいそうだ。

「ううう、オ、オチンチン硬いのぉ」

逞しいものをせわしなく摩擦していた白衣の娘が、いよいよ我慢できなくなったふうにおしりをあげる。膝立ちで前に進み、牡の腰を跨いだ。

（ひょっとして――）

先走りでヌラつく屹立の真上に、さんざんねぶられた女芯がある。美津江は白衣の裾とスカートを腰までたくし上げ、ぷりっとした若尻をあらわにした。

「これ、ちょうだい」

牡の漲《みなぎ》りを逆手で握り、腰をそろそろと沈める。尖端が濡れ割れに触れると、ジョイスティックのごとく前後に動かして、亀頭にたっぷりと蜜をまぶした。

(セックスするつもりなんだ……)

もちろん健太郎もそれを望んでいた。熱い蜜壺に早く入りたいと、しなやかな指に捉えられた分身が脈打つ。

「い、挿れるわよ」

短く告げるなり、彼女が腰を落とす。

「ううう っ」

「あはぁッ」

ふたりの呻きとよがりが交錯した。

柔ヒダにニュルニュルとこすられて膣奥に到達したペニスが、甘美な締めつけを浴びる。内部は誘い込むように蠢いており、動かれずとも爆発しそうだ。さっき多量に放精していなかったら、とっくに果てていたことだろう。

(うう、気持ちいい)

目の奥にチカチカと火花が散る。肛門の診察が、どうしてこういうことになったのか。ふと疑問が浮かんだものの、考えるのが面倒だったから打ち消した。

美津江が声を絞り出すように言う。前屈みになると、ヒップを上下にはずませだした。

「あうう、ふ、深いぃ」

タン、タン、タン……ぐちゅッ。

臀部と下腹のリズミカルな衝突音に、卑猥な粘つきが交じる。逆ハート型の臀部の切れ込みに見え隠れする肉棒に、白く濁った淫汁がまつわりついていた。

「あ、あ、あ、あん、いいの、いい……ああ、オマンコ気持ちいいっ」

はしたない言葉を口走り、いっそう激しく腰を振る若き女医。上下だけでなく前後にも動かし、さらにベリーダンサーのごとく回転させる。

（うわあ、こ、これはすごすぎる）

ひたすら悦びを希求する腰づかいに、健太郎は圧倒されるばかりだった。もちろん快感もこの上なく、全身が蕩けるようであったのだが。

しかし、先に昇りつめるわけにはいかない。置いてきぼりを食ったら、彼女がまた不機嫌になるのは目に見えていた。そのため、歯を食い縛って爆発をやり過ごしていたのである。

（我慢するんだぞ。先にイッたら診察してもらえないし、そうしたら命に関わる

かもしれないんだから）

生きるべきかイクべきか、もちろん生きるべきなのだ。懸命に自らに言い聞かせていると、幸いにも美津江が頂上に至った。

「ああ、い、イク……くううう、い、イッちゃううぅ」

喉をひゅーひゅーと鳴らして絶頂する。まさにアクメが来たりて笛を吹く。女膣もキツくすぼまり、健太郎も引き込まれて爆発しそうになった。

そのとき、四肢をピクピクと痙攣させながらも、美津江が腰を浮かせたのである。脈打つ分身が、あっ気なく蜜穴からはずれた。

（え？）

牡の終末を察して、中に出させまいとしたのか。けれど、彼女は腰をわずかにずらすと、性交汁にヌメる肉根を握り、再び迎え入れたのである。

但し、異なる淫穴に。

亀頭の尖端が触れるなり、そこが肛門であることを健太郎は即座に理解した。やはりアナルセックスが好きなのか。

そして、若尻が下降すると、筒肉は本来排出口たるところに、いとも簡単に呑み込まれた。たっぷり潤滑されていたためと、さっき充分にほぐしたおかげだろう。

「うあああぁ」

股間にヒップの重みがかかるなり、根元が強烈に締めつけられる。それも、キュッキュッと断続的に。まといつく直腸粘膜も蠢いて、甘美の淵へと誘った。

だが、健太郎を最も昂ぶらせたのは、女の子と初めてアナルセックスを体験したという事実であった。

（おれ、女の子のおしりの穴にチンポを挿れてるんだ——）

背徳的な悦びに背すじがわななく。気がつけば、後戻りできないところまで上昇していた。

「うあああぁっ」

堪えようもなく声をあげ、牡のエキスを噴きあげる。めくるめく愉悦にどっぷりとひたって。

「ああーん、おしりの中が熱いー」

悩ましげな嬌声が診察室に反響した。

4

二度の射精で息も絶え絶えの健太郎を、美津江は甲斐甲斐しく世話してくれた。

濡れタオルで飛び散ったザーメンを拭い、下半身全体を清めてくれる。無毛の性器や尻の穴は、特に丁寧にやってくれた。

「じゃあ、しばらく待っていてちょうだい」

言い置いて、彼女が奥に引っ込む。汗をかいたようだったから、シャワーでも浴びるのだろうか。

健太郎はランニングシャツ一枚で、診療用ベッドに横たわっていた。萎えたペニスの尖端に、半透明の雫を光らせて。

そうして、疲れもあってうとうとしていたらしい。

「やあ、お待たせして申し訳ない」

やけに大きなだみ声に、ハッとして目を覚ます。焦って身を起こすと、薄汚れた白衣を羽織った七十近い男が診察室に入ってきた。

「え？　あ、あれ——」

いったい何がどうなっているのかさっぱりわからず、パニックに陥る。

「裏の爺さんと将棋を指しておってな、つい夢中になってしもうた。急いで診るから勘弁してくれ」

そう言われて、おぼろげながら事情が呑み込める。

「あの、あなたがこの医院の先生なんですか？」

「いかにも。堀十三《じゅうぞう》だが」

「じゃ、じゃあ、さっきまでここにいたあの子は――」

「ああ、美津江のことか」

　そう言って、老医師が裸の下半身にチラッと目を向ける。健太郎は慌てて股間を両手で隠した。

「あんたも美津江に遊ばれたようじゃな。いや、申し訳ない」

「遊ばれたって――」

「あの子はわしの孫で、医学部の学生なんじゃよ。いずれはこの医院を譲るつもりで、遊びに来たときに留守を任せるんだが、何しろいたずら者でな。医者のフリをして、患者さんにいらんことをするのが困りものなんじゃ」

　医学生ということは、見た目そのままに二十歳ぐらいだったのか。では、自分は悪戯で剃毛され、果てはアナルセックスまでしたことになる。

（ていうか、悪戯ってレベルじゃないぞ）

　あんな娘が医者を目指していいものだろうか。少なくとも肛門科の跡継ぎにはすべきではない。

「まあ、あんたは毛を剃られただけで済んだようだから、まだマシなほうじゃ」

そう言って、堀医師は愉快そうに笑った。

(まだマシって……)

では、他の患者は何をされたのだろう。まさか勝手に手術をするなんてことはないだろうが。

(ていうか、おれが孫娘といやらしいことをしたって知ったら、さすがに驚くんじゃないか?)

孫にはかなり甘いようだから、溺愛しているのだろう。だとすれば、怒りまくって殺されるかもしれない。ここは余計なことを言わぬが花だ。肛門科だけに菊(聞く)が花だ。

「ところで、保険証はあるかな。カルテを作らにゃならん」

「あ、はい」

健太郎はカゴに入れた背広のポケットから、保険証を取り出した。それを堀医師に渡してから、ようやく気がつく。

(そうか。あの子は保険証を求めなかったし、おれの名前すら訊かなかったんだよな)

その時点で怪しいと思うべきだったのだ。こちらにも落ち度があるのであり、美津江ばかりを責めるわけにはいかない。

（ま、気持ちよかったからよしとするか）

そう納得するより他になかった。

堀医師はデスクに着き、とても読めない乱暴な字でカルテを作ると、健太郎に向き直った。

「それで、どんな症状なんじゃ？」

「あ、はい。ええと――」

人間ドックで言われたことを伝えると、彼は「ふうむ」と首をひねった。

「では、さっそく診てみるかな」

引き出しから医療用の手袋を出してはめ、ベッドに近づく。

「ここに寝てくれ。ああ、膝を立ててな」

「はい」

言われたとおりに横たわると、堀医師はチューブからジェル状のものを絞り出し、指にまといつけた。それを肛門に差しのべる。

「からだを楽にしてな」

告げるなり、いきなり指を挿れてきた。

「あ――」

健太郎は反射的に声をあげ、括約筋を引き絞った。けれど、潤滑された指は少しも怯まず、肛門内部を触診する。射精後で下半身に力が入らなかったため、あまり抵抗できなかったのだ。

「ふむ……たしかに何かあるな」

堀医師が眉間のシワを深くする。首をかしげられ、健太郎は生きた心地がしなかった。そして、指が引き抜かれるなり、信じ難いことが告げられる。

「紹介状を書くから、他で診てもらえるかな」

「ええっ？」

「ここから北へひと駅行ったところに、大学病院があるじゃろ。あそこに専門家がいるから診てもらうといい」

いや、あなたが専門家じゃないんですかというツッコミを、口にする気力もなかった。たらい回しにされるとわかって、かなりのショックを受けたのである。

(やっぱり堀医院じゃなくて、藪医院にすべきだ)

心の中で毒づきつつ、諦めて服を着る。待合室でしばらく待った後、紹介状の入った封筒を渡された。

「これを受付に出せば、ちゃんと案内してくれるはずじゃ」

堀医師は悪びれもせず告げると、紹介状の発行と診察の代金を、しっかり請求したのである。


翌日、健太郎は朝一で大学病院へ向かった。とにかく不安でたまらず、何の病気なのか一刻も早く明らかにしたかったのだ。

受付で紹介状と保険証を出すと、しばらく待たされてから診察券を渡される。指示された外来に行くと、幸いにも一番で診てもらえた。

「ええと、肛門の内側に突起物らしきものがあるということなんですね」

カルテに添えられた紹介状を、担当医が眉間にシワを寄せて読む。症状がどうというのではなく、悪筆で解読に苦労したためらしい。

彼は四十代ぐらいの、いかにも信頼できる真面目そうな医者であった。指示も明確で、健太郎を横臥させると、まずは触診する。無毛の股間に関して何も言わなかったのは、患者のプライバシーには触れないという姿勢からだろう。

「ははあ、これか」

なるほどという顔でうなずき、すぐに指を抜く。あまりにあっさりしていたものだから、拍子抜けしてしまった。

「念のため、写真も撮りますね」

同じ姿勢のまま、再び何かが挿入される。内視鏡とかファイバースコープの類いらしい。それも一分とかからず終了した。

ズボンを穿いて椅子に腰掛けた健太郎に、担当医はにこやかに告げた。

「これは何も心配ありません。治りかけの痔です」

「え、痔？」

「傷がふさがって、イボみたいになっているだけなんです。一般的なポリープと感触が異なるので、知らないと判断するのは難しいんですよ。でも、画像でもちゃんと確認しましたから、だいじょうぶです」

「だ、だけど、おれはこれまで痔になったことがないんですが」

「本当ですか？　出血など、一度もありませんでしたか？」

言われて、そう言えばかなり以前に、便に血がついていたことを思い出す。前の日に辛いものを食べたから、そのせいかと気にも留めなかったのだが。

「おそらく、そのときに傷ができていたんでしょう。あとは放っておけば完治しますので、治療する必要はありません。このまま帰っていただいてけっこうです」

ようやく心から安心することができて、健太郎は「ありがとうございます」と深くこうべを垂れた。涙腺が緩み、涙がこぼれそうになった。

もっとも、病院を出てから、ひどく情けない気分に苛まれる。

（おれは治りかけの痔のために、何回も尻の穴に指を突っ込まれたのか……）

最初からわかっていれば、数々の屈辱を味わわずに済んだのだ。まあ、玲子は専門医でないから仕方ないとしても、堀医師の藪っぷりに腹が立つ。

（裏のジジイと将棋を指す暇があったら、医学の知識を磨けよ）

それから、孫娘もしっかり監督すべきだ。医学の心得も不充分な学生に好き勝手させるなんて、無責任すぎる。

とはいえ、初めてのアナルセックスを思い返して、モヤモヤとおかしな気分になったのも事実だったりする。

（そうすると、便の潜血や頭痛も、大したことがないのかもしれないな）

何もかも幸運な結末を迎えられそうだ。健太郎は気持ちがすっと楽になるのを感じた。

第三章　深夜の個人サービス

1

　検査入院といってもせいぜい一泊、長くても二泊三日ぐらいだろうと思っていた。ところが、人間ドックの検診センターからもらった入院の手引きをあとで確認したところ、安静にしてもらって食事も管理し、体調を万全に整えてから検査するとのことで、四泊五日が予定されていた。

　つまり、月曜から金曜までかかるわけで、まるまる一週間も休みになるのだ。

　そのことに健太郎が気づいたのは、前の週の終わり近くになってからだった。何しろ肛門内部に何が起こっているのか不安で、それどころではなかったのだ。

　ともあれ、さすがにこれは上司も納得しまい。検査入院はキャンセルするしかないかと思っていたら、あっさり許可が下りたものだから唖然となる。どうやら人間ドック同様、社長の身内が関わっている社会医療法人の病院に関しては、検査入院でも融通するようお達しが出ているらしかった。

もっとも、さすがに今回は補助が出ることはなさそうだったが。

そういうわけで、入院に必要なものは病院側が準備するとのことで、健太郎はほとんど着の身着のままで、高泊総合病院に赴いた。

そこは人間ドックの検診センターと同じ駅で、さらに五百メートルも歩いた商業地のはずれにあった。木立に囲まれた何棟もの建物は真新しく、できたばかりというふうだ。

おまけに入ってみれば、受付や会計、案内などのスタッフが女性ばかりで、ナースも含めて美人揃いなのも一緒である。

（実より見た目って感じだな）

あの人間ドックもそうだった。性的なサービスは充実していたかもしれないが、肝腎の検査がどうも怪しかった。不慣れな心電図検査や尿検査のやり直し、それから最後の診察に関しても。

もしも検査入院でまったく異状がなかったら、ネットの掲示板に悪い評判を書き込んでやらねばなるまい。社長の身内だろうが知ったことか。

などと息巻いていたのは、病室に案内されるまでであった。

「わたしが犬崎さんの担当をさせていただきます、看護師の君嶋和佳奈《きみしまわかな》です」

病室で待っていたナースは、白衣の胸もとと腰回りが窮屈そうな、着衣でもナイスバディとわかる娘であった。年は二十代の前半であろう。あどけなさの残る笑顔が愛らしく、ショートカットの黒髪がよく似合っている。

ここのナースは、昨今では珍しくなったナースキャップを着用している。白衣は前で開くオーソドックスなタイプながら、丈が短く膝小僧が見えていた。そして脚には白いストッキング。まさに白衣の天使といういでたちだ。

（こんな素敵な看護師さんにお世話してもらえるのか。検査入院してよかったなあ）

うれしさのあまり、健太郎は表情をだらしなく緩めた。いっそ悪い病気が見つかって、ずっとここに入院できたらいいのにと、現金なことを考える。

あてがわれた部屋は個室であった。それほど広いわけではないものの、これなら誰にも気兼ねせず入院生活が送れる。患者さんに安静にしてもらうために、この病院はほとんどが個室であると、和佳奈が説明してくれた。

「それに、そのほうがわたしたちもお世話しやすいんです。他の患者さんに見られたくないことも多くありますから」

おそらくからだを拭いたり、シモの世話をしたりといったことなのだろう。いくらカーテンが引かれていても、大部屋では世話をされるほうも落ち着かないに決まっている。

（ああ、おれも和佳奈ちゃんから、あれこれお世話されたいなあ）

からだを拭いてもらったり、溲瓶《しびん》でオシッコをとられたり。

だが、自分は患者ではない。今のところどこも悪くないから、自分のことは自分でできる。そこまで世話をされる必然性はない。

それに、シモの世話などされたら、あれを見られてしまう。

（ああ、そうだ。今のおれはパイパンなのだ）

あれから何日も経って、股間が微妙にチクチクしているが、ぱっと見は無毛の性器である。そんなところを見つかったら、いったいどういう趣味なのかと蔑まれるに決まっている。

（ていうか、男の場合もパイパンって言うんだろうか？）

あれは女性の場合のみを指す比喩ではないのか。男の場合は麻雀牌に喩えるとしても、絵柄的に中牌あたりじゃないかしらと、どうでもいいことを考える。

「では、これから身体計測をしますね」

和佳奈の言葉に、健太郎は「え？」となった。

「あの、身体計測っていうと？」

「身長、体重、胸囲、腹囲を測ります」

「それなら、人間ドックでもやりましたけど」

「でも、それって先週ですよね？　ここでは入院時、毎日の起床時と就寝前、それから検査前、検査後のものを測定して、変化を記録するんです」

なるほど、丁寧にやってくれるんだなと、健太郎は感心した。

「測定はこの部屋で行ないます。わたしが準備をしますので、犬崎さんはこちらの入院着に着替えておいてください」

「わかりました」

「あ、下着はつけないでくださいね。いろいろな検査の邪魔になりますから」

「はあ、そうなんですか……」

「では、失礼します」

グラマー看護師が病室を出てから、健太郎はベッドに置かれた入院着を手に取った。

見た目は、人間ドックの検査着と変わりない。色がベージュというぐらいで、前開きの上着とズボンだ。

ただ、身に着けてみてわかったのだが、上着は袖や脇が、ズボンはサイドと内股部分がマジックテープでくっついた、かなり覚束ないものだった。おそらくシモの世話や、からだを拭くのをやりやすくするためなのだろう。

だが、これで下着をつけないとなると、危険なことこの上ない。病院内にレイプ魔がいたら、女性たちは簡単に全裸に剝かれるではないか。

(だったら、看護師さんも公平に、こういうタイプの白衣にするとか)

引っ張ったら、たちまち素っ裸になるのだ。そんなことを考えて、鼻の下を伸ばした健太郎であったが、

(――て、どこが公平なんだよ)

我に返って自らを叱りつける。要は和佳奈の裸が見たいだけではないか。あくまでも検査入院なんだから、妙なことで浮かれるんじゃない。そう自戒したところで、和佳奈が病室に戻ってきた。

「お待たせしました」

彼女が運び込んだのは、移動式の身長計で、同時に体重も測れるものだった。それから、手には巻き尺。

「では、入院着を脱いでください」

和佳奈に言われ、目が点になる。

「え、これをですか?」

「そうです」

「ひょっとして、下もですか?」

「はい」

「それだと素っ裸になってしまいますけど」

「ええ、素っ裸で測定するんです」

あっさりと言われ、健太郎は狼狽せずにいられなかった。

「ど、どど、どうしてですか?」

「より正確な数値を測るためです。この体重計は、一グラム単位まで数字が出るんですよ」

そこまでする必要があるのか疑問だったものの、「早くしてください」と急かされ、健太郎は追い込まれた。

(ええい、どうとでもなれ!)

あとはもうやけっぱちで入院着を脱ぐ。ただ、ズボンを下げるときには和佳奈に背中を向け、股間を両手でしっかりと隠した。

「では、ここにのってください」

身長計の横にいる彼女に促され、健太郎は腰を屈めた情けない姿勢で前に進んだ。銀色の台の上に立ち、身長を測る縦棒に背中をつけたものの、案の定美人ナースから注意を受ける。

「しっかり背すじをのばして、手はからだの脇ですよ」

気をつけの姿勢を求められ、泣きそうになる。

（くそ、これもあの子のせいだ）

医学部生でありながら、患者を騙して剃毛した美津江の顔が浮かぶ。他人のものをどうこうする前に、自分の剛毛を剃ればいいのにと心の中で毒づきながら、健太郎は股間の手をはずした。

「あら」

和佳奈が驚きを含んだ声をあげる。無毛の性器に目を丸くしてから、健太郎の顔をまじまじと見る。それも、どこか嬉しそうに目を細めて。

（ああ、絶対に馬鹿にされてるよ……）

情けなくてたまらない。涙で視界がぼやけるのを感じた。

「では、測定しますね」

パイパンの件に言及することなく、和佳奈が告げる。装置のボタンが押されたようで、頭上の身長測定器が下降し、頭頂部に当たった。

「ええと、身長は――」

測定値は背中側にあるコントロール部分に、デジタル表示されるようである。気をつけをして、前を向いている健太郎には見えない。

彼女が口にした身長は、人間ドックで測定したものと変わりなかった。それはそうだろう。とっくに成長は止まっているのであり、一週間足らずで伸びるわけがない。また、背が縮むような年でもない。

「あら？」

ところが、体重を告げる前に和佳奈が疑問の声をあげたものだからドキッとする。

「何かあったんですか？」

「ええ、体重が表示されないいんです」

故障でもしたのだろうか。いくら一グラム単位まで測定できる精緻なマシンでも、数字が出なければ意味がない。

「そのまま待っていてくださいね」

「え、このまま？」

「まだ測定途中ですから、絶対に動かないでください」

こちらは素っ裸のフルチン状態なのである。このままじっとしていろなんていうのは、羞恥プレイ以外の何ものでもない。

「おかしいわね……」

つぶやきながら、ナイスバディの看護師が、すぐ前にしゃがみ込む。健太郎の足元の台をノックするみたいに叩き、もう一度表示を確認した。昔の電化製品じゃあるまいし、そんな原始的な方法で直るとは思えない。案の定、

「やっぱりダメだわ」

という声が聞こえる。それはそうだろう。

ところが、彼女は諦めなかった。再び健太郎の前にしゃがみ込み、台の部分を撫でたり叩いたり、機械相手には効果のない刺激を与える。

（無駄だと思うけど……）

何なら、体重だけ他のはかりを使ったらどうなのか。けれど、その提案を口にすることはできなかった。

なぜなら、この体勢で何かを言って、和佳奈がこちらを向こうものなら、ペニスを至近距離で見られてしまうからだ。

（もう一度立ってから言えばいいや）

そう思っていたのだが、立ちあがろうとした彼女がバランスを崩し、尻もちをついたのである。

「いったーい」

和佳奈は後ろに手をついて、脚を開いたみっともない格好を見せている。その姿勢のまま、二十秒も顔をしかめていたのではないか。

（あ――）

健太郎は胸が高鳴るのを禁じ得なかった。なぜなら、ただでさえ短い白衣の裾がめくれて、白いパンストにガードされた股間を晒していたからだ。

薄いナイロンに透けるのは、そちらも天使カラーの白いパンティ。ただ、クロッチがやけに細く、逆三角形になっている。後ろ側がそこまで細いのは、もしかしたらTバックなのだろうか。

（看護師さんなのに、そんなエッチな下着を穿いてるなんて）

そうに違いないと決めつけ、鼻息が荒くなるほど昂奮する。おかげで、海綿体が血液を集めだした。

(う、まずい)

悟ったときにはすでに遅く、分身がむくむくと頭をもたげる。懸命に理性で抑え込もうとしても、一度はずみのついた勃起を止めるのは困難であった。

おまけに、起きあがろうとした和佳奈が、今度は足を滑らせて盛大にひっくり返ったのだ。それも、ほとんどまんぐり返しに近い格好になるまでに。

「キャッ!」

悲鳴と同時に、ナースのおしりがまる見えになる。もっちりした臀部を包むのは、白いパンティストッキングのみ。下着の後ろ部分は、尻の割れ目に完全に埋まっていた。

(あ、やっぱりTバック——)

予想に違わぬエロチックなものを目撃して、とうとうペニスはフル勃起した。勢いよく反り返り、下腹をペチリと叩く。

それにしても、担当ナースがこんなにドジっ子だったなんて。これからの入院生活に一抹の不安を覚えたとき、和佳奈がおしりを撫でながら立ちあがった。そして、いきり立つ牡器官を確認するなり、

「あ、勃起してる」

と、嬉しそうに白い歯をこぼす。失態を詫びるものと思っていた健太郎は、呆気にとられた。

しかも、彼女はいそいそと背後に回り、体重の数値を告げたのである。

「え、直ったの？」

和佳奈が転んだ衝撃で装置が回復したのか。だが、もちろんそんなことがあるはずがない。

「直ったも何も、最初から正常でしたよ」

「だって、体重の数値が出ないって……」

「あれは、ちょっと実験をしたかったから、嘘をついたんです」

「え、実験って？」

「オチンチンが勃起したら、体重が増えるのかどうか」

健太郎はあきれ返った。男子中学生あたりが考えそうなくだらないことを、実際に確かめてみたというのか。

そもそも勃起しても体内の血液が一カ所に集まるだけで、全体の重さが変わるわけがない。一グラム単位まで計測できるということで、もしやと思ってやってみたのだろうが、せっかくの精密機器もそんなイタズラに使われるのでは、宝の持ち腐れもいいところだ。

「じゃあ、尻もちをついたりひっくり返ったりしたのは、すべてお芝居――」

と、そこまで考えて、ようやく気がつく。

「あ、バレちゃいました？」

和佳奈がてへっと舌を出す。愛らしいしぐさも、くだらない実験のために勃起させられた身としては、腹立たしいばかりだ。

しかしながら、そんな見え見えの罠にかかってエレクトした自分も、決して威張れたものではない。

（まったく、何をやっているんだろう……）

自己嫌悪に苛まれる。こんなことだから、騙されて剃毛される羽目になるのだ。

まあ、担当ナースがドジっ子でなかったのは、幸いと言える。ただ、今後も彼女の好奇心のままに、オモチャなりモルモットなりにされる可能性は否定できない。たとえば、体温計を尿道に突っ込まれるとか。

「じゃ、胸囲と腹囲を測りますから、こちらに来てください」

少しも悪びれることなく次の測定に移る和佳奈に、健太郎は不安を拭い去れなかった。そのくせ、股間の分身は隆々と反り返ったままだったのである。

「では、失礼しまーす」

グラマー看護師が正面から抱きつくみたいにして、胸にメジャーを回す。そのとき、白衣の女体からたち昇る甘い香りと、かぐわしい吐息をまともに嗅いだものだから、ペニスがビクンと脈打った。豊かなバストの弾力を、胸もとで感じたせいもある。

さらに、膝をついた彼女が腹囲を測ろうとしたときには、いきり立つ勃起が乳房の谷間にめり込んだのだ。

「あはっ、これってパイズリみたい」

露骨な言葉を口にされ、健太郎は居たたまれなかった。

2

病院の夜は早い。午後九時には消灯である。

ベッドに入って瞼を閉じた健太郎は、なかなか寝つかれなかった。検査のためとは言え入院など初めてだから、慣れておらず気が昂ぶっていたためもあろう。

しかし、最も大きな理由は空腹であった。

「腹減ったなあ……」

個室なのをいいことに、声に出してつぶやく、だが、そんなことで空っぽの胃袋が誤魔化せるはずもなかった。

病院の食事は栄養バランスがしっかりと考えられているし、薄味で健康的だ。だが、濃い味のものを腹一杯食べる食生活に慣れていた彼にとっては、もの足りないのひと言に尽きる。おまけに、夕食は午後五時だったから、腹八分目だったそれはとっくに消化されていた。

何しろ脂肪肝の疑いがあるということで、間食は一切許されていない。こんなことなら売店で何か買っておけば良かったと思うものの、一グラム単位まで体重を管理されているのだ。少しでも余計なものを食べようものなら、たちどころにバレてしまうだろう。その場合、入院着を没収して素っ裸でいてもらいますと、和佳奈に脅されていた。

とにかく金曜日までは、監獄のような生活に耐えるしかないのだ。昼間のうちはダイエットになっていいと考えたものの、夜になると空腹の上に孤独だから、挫けそうになる。

（健康になるのも楽じゃないんだな……）

それだけこれまでの生活が自堕落だったということでもある。要はツケが回ってきたわけであり、因果応報、自業自得。誰も責められない。

ここは自らを呪って眠るしかないようだ。ぐうぐう鳴る腹を持て余しつつ、羊の数をかぞえようとしたところで、病室のドアが小さくノックされた。

「あ、はい」

上半身を起こして返事をすると、銀色のワゴンとともに白衣のナースが入ってきた。廊下の薄明かりに照らされたシルエットだけでもわかる。和佳奈だ。

「犬崎さん。もうお休みになってました？」

「いや……なかなか寝つかれなくて」

「では、清拭をしますね」

「え、せいしき？」

「からだを拭いてあげます」

そう言って、彼女が枕元のアーム式ライトを点ける。ベッド周辺だけが明るくなり、照らされたワゴンにはタライやタオルなどが載せてあった。

「だけど、おれはそこまで世話をされる必要はないですよ。君嶋さんも、シャワーは火曜日と金曜日だって言いましたよね？」

「ええ。だけど、今日は入院初日で緊張されたと思いますし、汗もかいたんじゃないですか？」

「まあ、それは……」

「それに、わたしはもう勤務時間が終わって上がりなんです。ですから、これはわたしの個人的なサービスです」

にこやかに言われ、健太郎は不覚にも胸が熱くなった。意味のない実験で勃起させられたときには、なんて悪戯者だと腹も立ったけれど、そんなことも忘れるぐらい優しさに心打たれた。

（本当はいいひとなんだな）

たしかに、下着をつけていないせいもあって肌がベタついている。拭かれたらすっきりして、よく眠れるかもしれない。

「で、では、お言葉に甘えて」

「はい、喜んで」

居酒屋の店員みたいな受け答えをすると、和佳奈はさっそく準備に取りかかった。タライのお湯にタオルを浸し、しっかりと絞る。

「上着を脱いでいただけますか？」

言われて上半身裸になると、彼女が「では、失礼します」と声をかける。背後に回り、首すじから背中を丁寧に拭いてくれた。

（ああ、気持ちいい……）

大袈裟でなく生き返るようだった。

「タオル、熱くないですか？」

「いえ、ちょうどいいです」

「よかった」

嬉しそうに答えたナースのもう一方の手は、上半身を支えるように肌に触れている。そのとき、健太郎はあることに気がついた。

（手袋をしていないんだな）

いつだったかテレビで見たドキュメンタリー番組では、患者の世話をする看護師は必ず薄手のゴム製だかラテックス製だかの手袋をはめていた。シモの世話もあるのだし、衛生的にも当然だろうと思ったのであるが、和佳奈は素手で清拭をしてくれている。

つまりこれは、義務的な看護行為ではないということ。彼女が言ったように、あくまでもサービスなのだ。

首から腕、腋の下、そしてお腹も丹念に拭いてもらえる。同時に、柔らかな手指があちこちに触れ、それにもうっとりするようだった。

上半身を終えると、和佳奈はタライでタオルを洗いながら、

「横になってください」

と告げた。下半身も拭いてくれるらしい。

(え、そんなところまで?)

ひょっとして全身をやってくれるのかと期待したことは否めない。しかし、いざその局面になると、ためらいが頭をもたげた。さすがに悪いという気がしたのである。

ところが、彼女のほうは一向に気にしない。

「あ、下も脱いでくださいね。まあ、脱がなくても、マジックテープのところで剝がしちゃいますけど」

悪戯っぽい笑みを向けられ、耳が熱くなる。あのマジックテープは、やはり脱がせやすくするためのものだったのだ。

そして、またも素っ裸になるのだと理解して、狼狽する。

「昼間、もう全部見ちゃってますから、恥ずかしくないですよね? あ、ひょっ

として、また勃起してるんですか?」

次の行動が起こせないでいる健太郎を、和佳奈がからかう。いくら一度見られていても、まったく恥ずかしくないわけがなかった。

しかしながら、ひと回り以上も年下の娘が平然としているのに、いい年をした男である自分が臆していているなんて、みっともいいものじゃない。

(ええい。向こうがしてくれるっていうんだ。だったらやってもらおうじゃないか)

自らを鼓舞し、思い切ってズボンを脱ぐ。幸いにも勃起はしていない。あとは好きにしてくれというふうに、仰向けに寝そべる。

ただ、耳が燃えるように熱かった。

「では、失礼します」

さっきと同じことを言って、グラマーナースが膝に触れてくる。どこから拭くのかと、期待と不安が胸に広がった。

あるいはいきなりペニスからと、健太郎は密かに予想した。けれど、そうはならず、彼女は足の爪先から始めた。

(そうか。焦らすつもりなんだな)

肝腎なところを後回しにして、待ちきれずに勃起するのを見て愉しもうという魂胆かもしれない。そんなことになってたまるかと、気持ちを引き締める。

足を拭かれるのは気持ちよかった。くすぐったいかもと思えばそんなことはなく、指の股を拭われると気分がスッキリした。

一度タオルを洗ってから、足首から膝、持ちあげて脹《ふく》ら脛《はぎ》と、徐々にからだの中心へ近づいていく。健太郎は清拭の心地よさのみを味わい、余計な雑念をすべて追い払っていたから、分身はぴくりとも反応しなかった。

そして、太腿の前面が拭かれたあと、

「両膝を抱えてもらえますか？」

和佳奈が新たな指示を出す。いよいよ股間のようだ。

(勃つんじゃないぞ。寝てろよ)

今のところおとなしい息子に命じて、健太郎は寝転がったままM字開脚のポーズをとった。同じような格好は女医の玲子や美津江の前でもしたけれど、さすがに頬が火照る。

若い看護師は太腿の裏側を拭いてから、「もっとおしりをあげてください」と言った。素直に従うと臀部を拭かれる。それから、尻の谷間も。

「ううう」

アヌスを拭われ、健太郎はたまらず声を洩らした。くすぐったかったからだ。しかも、一度だけでは終わらず、そこが何度もこすられる。

不潔になりやすいところだから、より丁寧にしてくれるのは理解できる。しかし、こうも丹念にだと、そんなに汚れていたのかと恥ずかしくなった。

（まさか、ウンコがついてたわけじゃないよな）

病院で大きいほうの用を足したけれど、トイレは洗浄器付きだったから、ちゃんと綺麗になったはずだ。だが、あとでオナラをしたときに、飛沫状の身が出たかもしれない。

そんなことを考えて羞恥に苛まれたために、アナル清めにあやしい感覚を得ていたにもかかわらず、海綿体が充血することはなかった。そして、おしりを終えると、和佳奈はタオルをタライにひたしてしまった。

「あとはデリケートな部分ですから、ウエットティッシュを使いますね」

「え？」

「アルコールが含まれていないものですから、安心してください」

それはつまり、粘膜部分も清めるためになのか。

そちらはさすがに手袋をはめるのかと思えば、彼女は素手のまま作業を進めた。すなわち、敏感なところにナマ指が触れるということである。

まずは鼠蹊部が拭かれる。わずかに引っかかる感じがあったのは、陰毛が伸びかけていたからだろう。そのときは、もう一方の手は太腿の裏側に添えられていた。

続いて、牡の急所たる陰嚢にウエットティッシュが当てられる。ひんやりしたのと同時に、腰の裏がムズムズしたのは、素手も嚢袋に触れていたからだ。

「ううう……」

健太郎は小さく呻いた。拭かれることよりも、添えられた指のほうがゾクッとする快美をもたらしていた。

いや、それはただ添えられていたわけではない。さするように、揉むように、微妙なバイブレーションを玉袋に与えていたのだ。

（あう、まずい）

あやしいときめきが理性を弱める。もはや抗うことは不可能で、ペニスがたちまち膨張した。下腹にへばりついて、びくり、びくりと脈打つ。

その様を、和佳奈は間違いなく目にしているはずである。ところが、彼女はからかうことなく生真面目な顔つきで、牡の急所を拭き清める。息がかかるほど顔を寄せ、シワの一本一本を辿るような熱心さで。

おかげでペニスは、一分の余裕もないほどガチガチに強ばった。

「じゃ、最後にオチンチンですね」

明るい声で予告されたとき、健太郎は頭がぼんやりしていた。陰嚢への刺激だけで、ほとんど悶絶したようになっていたのだ。

それでも、しなやかな指が筋張った筒肉に巻きつき、引っ張り起こされることで、新たな快感が全身に行き渡る。

「あうう」

反射的に呻いて、健太郎は裸の下半身をわななかせた。

「オチンチン、すっごく硬いですよ。あ、もう脚をおろしていいですからね」

掲げていた両脚をベッドの上でのばし、ひと心地がつく。だが、強ばりをしごかれたことで、また腰が浮きあがった。

「あ、あ、君嶋さん」

ひょっとして、このまま射精に導かれるのかと思えば、

「それじゃ、拭きますからね」

ひんやりしたウエットティッシュが巻きつけられる。それでようやく、清拭を

されていたことを思い出した。

「あー、硬くなったから拭きやすいです」

和佳奈が愉しげに脳天気なことを言う。だが、敏感なくびれ部分を執拗に拭われ、健太郎は何度も人い鼻息をこぼした。今にもパチンとはじけそうに張り詰めた亀頭を清められたときには、くすぐったさと気持ちよさで、頭がハンになりそうだった。

そうして、清拭が終わったとき、射精したわけでもないのにぐったりしてしまったのである。

「はい、全部綺麗になりましたよ。でも――」

まだ何かあるのかと、健太郎は虚ろな眼差しでグラマー看護師を見あげた。

「お股のところの毛、伸びかけでチクチクしてましたよ。犬崎さんもむず痒いんじゃないですか？」

「まあ、それは……」

「ついでだから、ちゃんと剃っちゃいましょうよ」

「え？」

きょとんとした健太郎であったが、ふとベッド脇のワゴンを見てギョッとする。

下の段に、床屋で目にするようなシャボンを泡立てる容器があったからだ。それから、やけにものものしい剃刀も。

盲腸の手術の前には陰毛を剃るなんて話を聞いたことがある。それはそのための道具なのだろうか。

もちろん健太郎は盲腸ではない。看護師さんに毛を剃ってもらう必要性も必然性もないのだ。

（チクチクしてるから気の毒だと思ったんだろうか）

伸びかけているのが身体計測のときにわかったから、そのための道具も準備してくれたのかもしれない。

「い、いや、それには及びません」

断ったのは遠慮からではない。ずっと無毛状態にしておくつもりなどなかったからだ。今は伸びかけがむず痒くても、そのうち元通り生えそろうであろう。

ところが、和佳奈が理解に苦しむことを口にする。

「遠慮しなくてもいいんですよ。だって、犬崎さんはわたしたちの仲間なんですから」

「え、仲間って？」

自分は医療に携わる人間ではない。勤めている会社だって、医療や病院方面とは無関係だ。まあ、社長の身内がここを経営しているという点では、まったく縁がないとは言えないが。

するとと、彼女がにんまりと笑みを浮かべ、顔を間近に寄せてくる。

「実は、わたしもパイパンなんですよ」

告げられるなり、かぐわしい吐息が顔にふわっとかかる。それにうっとりしかけたものの、ようやくどういうことかと悟って愕然とする。

（つまり、おれも同じ趣味の仲間だと思われてるのか!?）

健太郎は開いた口がふさがらなかった。

3

こちらの戸惑いなど関係なく、和佳奈が浮かれた口調で持論を述べる。

「そもそも陰毛なんて無くていいものなんです。動物なら性器を守るために必要かもしれませんけど、下着を穿く人間には無用の長物なんですから。それに邪魔っ気だし、下着からはみ出したら見苦しいしみっともないし、だったら最初からないほうがいいじゃないですか。あと、部屋の掃除も楽になりますよ。彼氏を自分の部屋に呼んだときに、縮れ毛が落ちてたりしたら恥ずかしいじゃないですか。あと、伸びっぱなしだとエッチのときに巻き込んで、痛かったりもするし。男のひとだって、勃起したときに皮のところに陰毛が挟まって、痛いことがあるんでしょ？　コンドームを着けるときだって邪魔みたいだし。あ、そうそう。おしりの毛なんて最悪ですよ。シャワー付きのトイレじゃないと、拭いてもなかなか綺麗にならないんですから」

かなり実感のこもった述懐に、すべて経験談ではないのかと健太郎は思った。

まあ、勃起したときやコンドームの話は別にして。あれはたしかに痛いし鬱陶しい。

「なのに、世間のひとたちはそうじゃないんですよね。大人だったら生えているのが当たり前、アソコに毛があるのがスタンダードみたいに振る舞って。あれは、妙な常識に囚われているだけなんです」

それは勘繰りすぎに感じたものの、自信たっぷりな彼女の顔を見ると、何も言えなくなる。

「だから、犬崎さんがわたしたちと同じように、パイパンのポリシーを貫いていると知って、とてもうれしかったんです」

そんなポリシーなど、かけらも持っていない。持ったこともない。

身体計測のとき、無毛の股間を見て和佳奈が笑みを浮かべた理由が、これでわかった。自分の同類だと思ったのだ。

けれど、健太郎は違うと否定できなかった。なぜなら、他に無毛の理由が浮かばなかったからだ。まさか悪戯者の女学生に剃毛されたとは言えないし、毛ジラミの治療で剃っているなんて誤魔化したら、引かれてしまう恐れがある。

ただ、気になることがひとつあった。

「え、わたしたちと同じじって？」

他にも仲間がいるような口ぶりは、事実そのとおりであった。

「わたしと同じ考えを持つひとたちと、サークルみたいなのを作ってるんです。ネットのＳＮＳで知り合ったんですけど、たまに集まって毛の処理の仕方で情報交換をしたり、他にもあれこれ交流したりするんです」

「それって、パイパン同盟みたいな？」

いささか侮蔑的な名称を口にすると、愛らしいナースは「やあだ」と明るく声をはずませた。

「そんなカッコ悪い名前じゃないですよぉ。わたしたちのサークルはもっとオシャレで、『パイナップル・ブレッド』って言うんです」

いかにも若い女の子が好みそうなネーミングだ。だが、ちょっと考えて、パイパンとパイパンの駄洒落であるとわかった。何がオシャレなものか。

「つまり、君嶋さんみたいなパイパン愛好家――じゃなくて、ポリシーを持ったパイパンの女の子たちが集まってる会ってこと？」

質問に、和佳奈はかぶりを振った。

「いえ、女の子だけじゃなくって、男のひともいますよ。わたしたちはメンズ・パイパンってことで、メンパイって呼んでますけど」

インチキ麻雀用語みたいな呼び名に、健太郎は我知らず顔をしかめた。少なくとも、ひと前ではそんなふうに呼ばれたくない。

「つまり、シモの毛がない男女の交流会ってことか」

「まあ、そういうことですね」

答えてから、また彼女が顔を寄せる。それも、キスするのかとドキッとしたほど間近に。

「これはホントにナイショなんですけど、ときどきみんなでエッチするんです。乱交ってわけじゃなくて、パートナーとしてるところを見せ合うんですけど。まあ、そのパートナーも、毎回変わるんですけどね」

それではほとんど乱交ではないか。しかし、どこぞの部屋に集う男女の集団が、無毛の性器で交わる場面を思い描き、健太郎は頭がクラクラするほどの昂ぶりを覚えた。和佳奈の果実みたいな甘ったるい吐息を嗅いでいるせいもあったろう。

「知ってます？　毛のないオチンチンが毛のないオマンコに入ってるところって、すっごくいやらしいんですよ」

囁き声で言われ、思わずナマ唾を呑む。可愛い顔で、ためらいもなく卑猥な言葉を口にしたものだから、尚さらに。

「犬崎さんも、わたしたちのサークルに入りませんか？　わたしたちがエッチしてるところ、みんなに見せつけたいな」

つまり、このグラマラスで愛らしいナースとセックスできるということか。それはこの上なく魅力的な誘いであったものの、秘められた行為を誰かに見られることには抵抗があった。

「……いや、おれはそういう群れるみたいなのは好きじゃないから」

未練を引きずりつつ断ると、和佳奈が感心した面持ちを見せる。

「つまり、孤高のパイパンってことですね。そういうのもカッコいいかも」

「孤高」と「パイパン」のふたつの単語が、まったく反りが合わないことを、健太郎は生まれて初めて実感した。

「とにかく、わたしに犬崎さんのを剃らせてください。わたし、誰かを剃ってあげるのがすごく好きなんです。サークルの集まりでも、よくしてあげるんですよ」

ならば腕は確かなのだろう。しかし、パイパン志向でない以上、剃ってもらう必要はない。

「いや、だけど」

やんわり拒もうとしたところで、悪魔の——いや、天使か——誘いが囁かれる。

「剃らせてくれたら、わたしのパイパンのオマンコを見せてあげてもいいですよ」

こんな魅力的な誘いを断れる男がいるものだろうか。勃ちっぱなしの分身も諸手を挙げて、いや、諸タマをキュッと持ちあげて賛成する。

「う、うん……わかった」

うなずけば、彼女が「よかった、うれしい」と、笑顔で喜びを口にする。健太郎は図らずもときめいた。

（ま、入院中だけなら、パイパンでもいいか）

それに、アソコを見せてくれるということは、うまくいけばセックスも——。

期待に胸をふくらませて、健太郎は和佳奈の作業を見守った。シャボンを愉しげに泡立てるのを見ると、本当に毛剃りが好きみたいだ。

(ちょうど痒くて困ってたんだし、剃ってもらえるだけありがたいと思っていればいいいか)

いずれまた陰毛が伸びて、チクチクして痒くなるわけだが。そういうのを剃毛カイカイと言うのかなと思ったものの、たぶん違うだろう。

(この様子だと、毎日剃ってくれるかもしれないぞ)

パイパンに慣れきったら、今度は生えているほうに違和感を覚えるようになるのか。そこまでになったら、パイナップル・ブレッドとかに入会してもいいだろう。乱交じみた催しもあるとのことだし、けっこう享楽的なサークルのようである。

(ただ、しているところを見られるのは、ちょっとなあ……)

そんなことを考えていると、和佳奈がシャボンを持って寄ってくる。小足らずの筆みたいなブラシを右手に持っていた。

「それじゃおしりのほうからしますので、さっきみたいに両膝を抱えてください」

「あ、うん」

寝転がったまま脚を掲げ、尻を上向きにする。アナル全開ポーズは、何度やっても恥ずかしい。それでいて、下腹にへばりついた肉勃起は、期待をあらわに脈打つのだ。

「じゃ、石鹸を塗りますよ」

泡をたっぷりとまといつかせたブラシが、尻の谷へと差しのべられる。それで谷底を何度も撫でられ、健太郎は下半身をわななかせずにいられなかった。

（く――くすぐったいっ！）

いや、むず痒くもある。そのくせ妙に気持ちよかったりもして、内腿が攣《つ》りそうにピクピクした。

「くはッ！」

喉から喘ぎの固まりが飛び出したのは、ブラシの先でアナルジワの中心をこちょこちょとくすぐられたからだ。

「うふ。今のはおまけのサービス」

からかう口ぶりで言ってから、無邪気なナースが剃刀を手に取る。床屋で使われるような本格的なやつだったから、不安があったのは否めない。安全カミソリと異なり、深く切れてしまう恐れがある。

けれど、いざ剃られると、実にスムーズだった。よっぽど切れ味がいいものらしく、少しも引っかかりがない。ゾリゾリではなく、ソリソリという感じか。美津江も慣れていたふうであったが、和佳奈はそれ以上だ。

「ああ、すごく上手だね」

感動を込めて告げると、「ありがとうございます」と素直なお礼を言われる。

最後にアヌス周りが剃られ、濡れタオルで谷間を拭われて尻のほうは終わった。

「じゃ、またおまけのサービス」

その声に続いて、谷底の中心に温かな息がかかる。思わずゾクッとしたのに続いて、ヌルヌルしたものが菊孔をくすぐった。

（あ、これは――）

頭をもたげると、いきり立つ分身の向こうにナースキャップが見えた。その部分に彼女が顔を埋めているのは自明であり、となれば、牡の肛穴に舌を這わせているのだ。

（こんなことまでしてくれるなんて……）

申し訳なさよりも、くすぐったい気持ちよさが勝っている。健太郎はたまらず尻をくねらせた。

アナル舐めは三十秒足らずで終わったものの、胸を大きく上下させねばならな

いほど感じてしまった。そして、顔をあげた和佳奈が淫蕩な笑みを浮かべ、

「気持ちよかったですか？」

と、ストレートな質問をしたのに頬が熱くなる。

「うん、とっても」

「みたいですね。おしりの穴がヒクヒクしてましたよ」

からかうように言われ、ますます頬が火照る。

（じゃあ、このあとは、今以上のサービスがあるのかも）

期待せずにいられない。

「それじゃ、キンタマも剃りますね」

はしたない言葉を口にして、和佳奈が陰嚢にシャボンを塗りたくる。くすぐったい快さに、またもゾクゾクしたものの、いざ剃刀が握られたら、緊張しないわけにはいかなかった。

「ここはシワも多いし皮が薄いから、けっこう大変なんです。絶対に動かないでくださいね」

釘を刺され、健太郎はうなずいた。こんな剃刀で切られようものなら、間違いなく睾丸が外にはみ出すだろう。これが本当のハミキンだなどと、シャレで済ま

せられるはずがない。

健太郎は気を引き締めた。M字開脚ポーズを維持したまま、一ミリたりとも動くまいというつもりでいた。

それは和佳奈のほうも同じで、生真面目な顔つきで口元を引き結び、いっそう注意深い作業に徹していた。シワを伸ばし、伸びかけの陰毛を丁寧に剃る。時おりタマ肌に温かな息がかかってゾクゾクしたものの、そんな場合じゃないと懸命に堪えた。

そういう緊張状態にもかかわらず、ペニスは少しも強ばりを解かなかった。

「はい、終わりましたよ」

ホッとしたような声をかけられ、健太郎も胸を撫で下ろした。信頼はしていたものの、やはり急所をあずけていたから心配だったのだ。脚をシーツにおろして、姿勢も楽になる。

「あとはお腹の下側と、オチンチンの根元だけですね。チャッチャッとやっちゃいましょう」

お気楽な物言いからして、そちらは楽に進められるのだろう。反り返った肉棒が邪魔といえば邪魔だが、手で支えていれば問題はないはず。

（そうか……また君嶋さんにチンポを握ってもらえるんだ）

柔らかな指の感触を思い出すだけで、鈴割れから透明な雫がじわりと溢れる。だからといって無闇に気持ちよがったら、剃毛を妨害することになる。やはり終わるまでは我慢しなければならない。

そう思っていたのに、シャボンを塗るために若いナースが筒肉に指を回しただけで、「あうう」と呻いてしまった健太郎である。

「いくら気持ちよくっても、おとなしくしていてくださいね」

可愛らしく睨まれたのにも、妙に胸がはずんでしまう。

ヘソ下から順繰りに処理され、剃刀の刃が屹立へと至る。そこまでは、和佳奈は左手でペニスを握り、右手で剃っていた。

「じゃ、これから根元をやりますから、絶対に動かないでくださいね」

直前に注意が与えられる。

「うん、もちろん」

「何があってもですよ」

念を押され、ちょっとヘンだなと思う。大切なところに近づいたから慎重になるのはわかるけれど、要は同じ作業が続くのだから。

しかし、そうではなかった。天井に向けて聳えさせた肉根の頭部を、彼女がいきなり口に入れたのである。

「あああ」

健太郎はたまらず声をあげ、下腹を波打たせた。すると、和佳奈が上目づかいで睨んでくる。

《おとなしくしてなさい》

眼差しがそう命じていた。

（うう、こんなのって……）

腰がわななくほどの快感が続いていたものの、仕方なく奥歯を噛み締め、動くなよと自らの肉体に命令する。しかしながら、反射反応まで制御する自信はなかった。

ただ、彼女が亀頭を頬張った理由は、自ずと理解できた。ペニスを口で支え、左手を剃る部分の肌に添えるのだと。根元部分には皮膚のたるみがあるから、しっかりと伸ばさねばならないのだろう。

そのため、剃る作業も慎重になり、時間がかかる。

下向きで溜まる唾液を、和佳奈が時おりジュルッとすする。同時に亀頭も吸引され、目がくらむようだった。さらに、無意識にか舌を動かすものだから、それが敏感な粘膜を悦びにまみれさせる。

（うう、は、早く――）

射精に至ることのない、焦らされるだけのナマ殺しの快感にまみれ、ひたすら願う。このままでは頭がおかしくなりそうだ。

ようやく和佳奈が顔をあげたとき、健太郎はぐったりとなった。

「さ、綺麗になりましたよ」

嬉しそうな彼女の声にも、返事をする気力がなかった。代わりに、勃ちっぱなしの分身が礼を述べるみたいに頭を振る。

それを彼女が慈しむように握った。

「すっごく硬いですよ。もう、パンパンって感じ。さっきもお口の中で、ガマン汁をいっぱい出してたんですからね」

悪戯っぽい眼差しで睨まれ、快さにひたりながらも恐縮する。唾が溜まるからすすっていたのかと思えば、カウパー腺液のぶんもあったらしい。

しなやかな指が緩やかに上下する。快さが大きくなり、健太郎は自然と腰をくねらせた。

「ね、一度出したほうがいいんじゃないですか？」

「え？」

「これ、すっごく苦しそうですよ。溜まってるのを一回出して、落ち着いたほうがいいと思いますけど」

射精してすっきりしたほうがいいと言っているのだ。しかも、一度とか一回とかわざわざ断っているのは、二度目もあるということ。

(さっき、アソコを見せてくれるって言ったよな)

その前に落ち着かせたいようである。昂奮しすぎては、さらに行為を進めたときに愉しめないと踏んでいるのではないか。

(やっぱりおれと最後までするつもりなんだ)

入院初日からそんなサービスをしてくれるとは、なんていやらしい、いや、なんて優しい看護師さんなのだろう。まさに白衣の天使だ。それ以上に、女神と呼んでもいい。

先走って結論づけ、健太郎は鼻息荒く訴えた。

「う、うん。是非落ち着きたい」

「じゃ、わたしが出してあげますね」

嬉しい言葉を告げ、和佳奈がベッドにあがってくる。

「膝を立てて、脚を開いてもらえますか？」

「こ、こう？」

「はい、けっこうです」

強ばりきった牡棒を握ったまま、可愛いナースが股間に顔を伏せてくる。てっきりフェラチオをするのかと思えば、彼女が唇をつけたのは性器ではなく、陰嚢だった。

「あふっ」

急所にチュッと軽やかなくちづけをされただけで、背中が弓なりに浮きあがる。電流みたいな快感が、からだの中心を走ったのだ。

（ああ、そんなところにキスしてくれるなんて……）

剃毛して清めたあとでも、罪悪感を覚えずにいられない。何しろシワシワで不格好な、みっともないところなのだから。

ところが、和佳奈は厭うことなく、さらにペロペロと舐めてくれる。あたかも子猫がお稲荷さんの味見をするかのように。

「ああ、ああ、ああ」

あやしい悦びがじんわりと広がり、自然と声が出てしまう。しかも、ペニスを柔らかな指でしごかれ続けているのだ。腰まわりがピクピクと痙攣した。

サオとタマを同時に愛撫されるのは初めてではない。肛門科医院の美津江にもされたし、風俗でもそういうサービスを受けたことがある。だが、タマ舐めをされながらの手コキは初めてだった。

(うう、気持ちよすぎる)

シワの一本一本を丹念に舐めるような舌づかいがたまらない。さらに、堪えようもなく溢れた先走り液が指に絡め取られ、くびれの段差をくちくちとこすられるのだ。目のくらむ快美に、腰が砕けそうになる。

早くもせり上がってきた歓喜のトロミが、勃起の根元で煮えたぎる。一刻も早く外に出たいとせがんでいた。陰嚢が温かな唾液で濡らされることで、その欲求が後戻りできないほどにふくれあがる。

「も、もう出そうだ」

限界を訴えると、和佳奈が急所から口をはずした。身を起こし、唾液に濡れたフクロをすりすりと撫でながら、しごく動作を大きくする。

「いいですよ、出してください」

「ああ、あ、ホントに出るよ」

腰が浮きあがり、ぎくしゃくと跳ね躍る。ペニスもさらに硬くなったようだ。

「あ、すごい。オチンチンがギンギンですよ。犬崎さんが精液をどっぴゅんするところ、わたしに見せてください」

淫らなお願いが引き金となり、理性が雲散霧消する。あとは愉悦の波に流されるまま、溜まりきった牡汁を勢いよく噴きあげる。

「あ、あ、出る。いく――」

めくるめく歓喜を伴い、白濁液が宙に舞った。

「あ、出た」

グラマーナースが嬉々として肉根をしごく。さらなる湧出をうながすように、玉袋を揉み撫でながら。そのため、射精はなかなか止まらなかった。

「あ、うあ……くはあああっ」

健太郎は喘ぎ、腰をバウンドさせながら牡の精を撒き散らした。

4

あちこちを汚した白濁液は、優しい看護師によって綺麗に拭われた。

「いっぱい出しましたね」

濡れタオルを手にした和佳奈は満足そうだった。射精のあいだ、彼女はザーメンがほとばしるところを目を輝かせて見つめていたのである。

（精液が出るところを見るのが愉しいのかな……）

オルガスムスの気怠い快さにどっぷりとひたり、健太郎はぼんやりと思った。

たっぷりと射精したペニスは、力を失って無毛の股間に横たわっている。鈴口に光る半透明の雫も丁寧に拭われ、くすぐったい快さに腰がビクリとわなないた。

「じゃ、約束どおりに、パイパンのオマンコを見せてあげますね」

明るく言われて、気怠さも吹き飛ぶ。健太郎は即座に起きあがった。まるで、それまで眠っていた犬が、飼い主が餌を持ってきたのを悟ったみたいに。

「は、はい」

それこそハッハッと舌でも出しそうな勢いで返事をすると、呆気に取られたふうだった和佳奈がクスッと笑う。がっつきすぎていたかなと、健太郎は恥じ入った。

「じゃ、今度はわたしが横になりますから」

交代してベッドに仰向けになったナースが、両膝を立てて脚を開く。白衣の中を大胆に晒し、艶めいた笑みを浮かべた。

「脱がしていいですよ」

好きにしてもいいというポーズを示され、喉の渇きを覚える。こんな魅力的な看護師さんの秘められたところを見られるなんて、なんていい病院なのか。と、実より見た目だなどと蔑んだのも忘れて称賛する。

「では、失礼いたします」

うやうやしい態度で膝を進め、白衣の裾に手を入れる。早くパイパン性器を拝みたかったものの、一度に脱がせるのは勿体ない気がして、まずはパンストのみを剝きおろした。

おしりを上げて協力した和佳奈であったが、頬が赤く染まっている。自分からあれこれすることは平気でも、男に手を出されるのは不得手なのか。だが、その恥じらいが好ましい。

伝線させないよう、白いナイロンを爪先から外す。健太郎が彼女の足を持ちあげたとき、揃えられた指から蒸れ酸っぱい匂いがふわっとたち昇った。

（え、これは？）

もう一方の爪先もそれとなく嗅いで確信する。ナースの足が、汗と脂の混じったフレグランスを漂わせていたのだ。

彼女は一日忙しく働いていたのである。そこが日常的な臭気を放つのは、ごく当たり前のこと。

けれど、可愛くてグラマーな娘だけに、足が匂うという事実は頭では理解できても、そう簡単に納得できることでない。むしろ信じ難かった。

ただ、イケナイ秘密を暴いたようで、妙にドキドキしたのも事実。足指の股をこすれば、ザラザラした垢や埃の固まりも落ちるのではないか。そして、そこをこすった指には、いっそう生々しい匂いが付着することだろう。

危うく実行しそうになったものの、健太郎はかろうじて思いとどまった。そんなことをすれば、和佳奈もさすがに恥ずかしがるだろうし、怒ってご開帳を中止するかもしれない。

(まだ入院生活は長いんだし、次のチャンスを待てばいいや)

何しろ彼女は、自分を担当してくれるひとなのだから。色んな意味で。

パンストを丸めて脇に置き、次はいよいよパンティだ。昼間も目撃したTバック。だが、直に目撃する細いクロッチは、陰部に喰い込んだところがやけに生々しい。おまけに、中心部分が黄ばんでいたのである。

ヨーグルトを連想させるなまめかしいパフュームが感じられる。股間にこもっていたものが、パンストを脱がされて解放されたようだ。

それを嗅いで劣情を沸き立たせながら、ウエストの細いゴムに指をかける。ずりずりと引っ張り出せば、最後まで密着していたクロッチが離れるとき、和佳奈が「あん」と小さな声を洩らした。愛液でくっついていたものが剝がれ、刺激を感じたのではないか。

実際、脚を通すときに確認すれば、裏返ったクロッチには淡い茶褐色のシミができていた。おまけに、粘っこいものが付着して、鈍い輝きを放っていたのである。

（こんなに汚してるなんて……）

それだけ一所懸命、職務に励んでいたということ。彼女にはエッチな悪戯をされたけれど、仕事には真面目に取り組むタイプに違いない。清拭や剃毛の丁寧さを思い返しても、そうとわかる。

脱がせたTバックもクンクンしたかったけれど我慢して、健太郎は白衣の裾をめくりあげた。むっちりした若腿を大きく開かせる。

「ああん」

和佳奈が顔を両手で覆う。さすがに恥ずかしいようだ。だが、おかげで彼女の視線を気にかけることなく、その部分を直視できる。

健太郎はアーム式のライトに手をのばすと、ナースの下半身に光源を寄せた。そして、照らされた無毛恥帯に顔を寄せる。

(これが君嶋さんの――)

実物は初めて目にするパイパン性器。ぷっくりしたヴィーナスの丘は色白で、処理が丁寧らしく毛穴のポツポツも見えない。もともと陰毛が濃くないのだろう。

その下側、肌の色がややくすんだところに、クレバスが刻まれている。上側にフード状の包皮を、下側に二枚重ねの花弁をはみ出させた、幼い眺めの女芯だ。

単に毛が生えていないためだけでなく、ちんまりした佇まいからそう感じたのだ。

パイパンのサークルで乱交じみたことはしていても、秘苑はそう頻繁に使われているふうではない。仕事が忙しくてなかなか参加できないのか、それとも、見ることが多くて見せることはあまりないのか。

ともあれ、濃密さを増したかぐわしさにもうっとりする。鼻を蠢かせずにいられない。

「すごく可愛いよ、君嶋さんのここ」

感動を込めて告げても、和佳奈は何も答えない。ただ、目の前の恥割れがわずかにすぼまった。視線を感じて恥じらうかのように。

「さわるからね」

了解を求めても返事はない。それをイエスと勝手に解釈して、ぷっくりした肉唇に両の親指を添え、左右にくつろげる。

ピチャ――。

そんな音が聞こえた気がしたのは、離れた花弁のあいだに粘っこい糸が引いたからだ。あらわになった粘膜部分も、淫靡な蜜にまみれて濡れ光っている。

(ああ、いやらしい)

ずっと明るく振る舞っていたけれど、ペニスを愛撫して射精に導くことで、昂ぶったのではないか。見ているあいだにも小さく呼吸する膣口が、薄白い蜜汁をジワジワと溢れさせていた。

(舐めたい――)

胸に浮かんだ衝動を、健太郎はすぐさま実行しようとした。ところが、あと少しというところで、和佳奈が「キャッ」と悲鳴をあげてずり上がる。鼻息が敏感なところにかかって察したようだ。

「な、何をするんですか?」

怯えた眼差しを向けられ、健太郎はきょとんとなった。そんなおかしなことをしようとしたつもりはなかったからだ。

「何をって、舐めるんだけど」

「だったら、ちょっと待ってください。ウエットティッシュで拭きますから」

洗っていない秘部を舐められることに抵抗があるようだ。明るく無邪気でも、愛らしい看護師は恥じらいや慎みがあるのだ。

しかしながら、ここは彼女の求めるままにさせるわけにはいかない。拭いたりしたら、素敵な匂いや味が消えてしまうではないか。

「そんなことしなくていいよ」

若腰を捕まえ、股間に顔を埋めようとすると、美人ナースが「イヤイヤ」と抗った。

「ダメですよ、そこは。汚れてるし、く、くさいんですから」

匂いなどとっくに嗅がれていると気づいていないのか。ただ、くさいという卑下を受け入れるわけにはいかなかった。

「くさくなんかないよ。女らしくて、とってもいい匂いだよ」

「やだ、か、嗅いだんですか？」

そうと知って、和佳奈がますます焦る。これ以上は許すまじと、両腿を固く閉じてしまった。

こうなると無理やり脚を開かせるのは困難だ。ならばと、健太郎はさっき脱がせたTバックを拾いあげた。

「だったら、こっちで我慢するよ」

湿ったクロッチの裏地を鼻に押し当て、深々と吸い込む。鼻奥をツンと刺激する淫臭に、頭がクラクラするようだった。

「キャッ、そっちもダメですう」

奪い取ろうとする手を払いのけ、くんかくんかと鼻を鳴らす。アヌスに密着していたあたりには、プライベートな発酵臭も染みついており、秘密を暴いた嬉しさで胸が躍った。

「あうう……ホントにやめてください」

和佳奈が涙を浮かべて身をよじる。よっぽど恥ずかしいらしい。

だから、決して不快に感じていないことを示すために、健太郎は膝立ちになった。

「ほら、見てよ」

多量にほとばしらせて萎えていたペニスがふくらみ、水平まで持ちあがっていたのである。牡の昂奮状態を見せつけられ、泣きべそナースが目を瞠《みは》った。

「これ、君嶋さんのアソコの匂いでこうなったんだ。すごく魅力的で、ゾクゾクするぐらいいやらしくて、だから勃起したんだよ」

彼女がコクッとナマ唾を呑んだのがわかった。表情に浮かんでいた警戒心がなくなり、戸惑いながらも理解してくれたようだ。

「本当に、わたしの匂いで……?」

「そうだよ。おれ、君嶋さんの匂いが大好きだからね。アソコだけじゃなくて、どこもかしこも」

単なる汚臭フェチと思われてもまずいから、すべて好ましいということを強調する。すると、安堵を浮かべた和佳奈が、にもかかわらずポロポロと涙をこぼしたものだから驚いた。

「ちょ、ちょっと、どうしたの!?」

「だって、わたし……くさい女だって思われてたから」

「え?」

和佳奈がポツポツと打ち明けたところによると、例のサークルで初めて見せ合いセックスパーティに参加したとき、ひとりの男性から誘われて親密な行為に及ぼうとしたそうだ。ところが、彼はクンニリングスをしようとするなり顔を背け、それ以上の進展を拒んだのである。もちろん事前にシャワーは浴びたのだが、そんなに自分のアソコはくさいのかと、彼女はひどく落ち込んだ。

以来、そのパーティでは、いつも見るほうだったという。

「それまで付き合った彼氏も、フェラは求めたのにクンニはしてくれなかったから、やっぱり匂いのせいなのかなって……仕事のあととか、あそこがプンって匂うのが自分でもわかることがあるから、綺麗にしたあとでないと絶対に舐められたくなかったんです。また逃げられるに決まってるから」

悲しげな告白に、健太郎は胸が締めつけられるようだった。こんなにいい子なのに、そんなことで傷ついていたなんて。

昨今ではフェラチオはさせるくせに、女性の秘部を舐められない男が増えているなんて話を聞いたことがある。和佳奈が付き合った彼氏も、そういう身勝手なタイプだったのではないか。

また、セックスパーティで避けられたという男も、勃起していないことに気がついて急に自信を失うかして、彼女からではなくセックスを見せる行為そのものから逃げたのではないだろうか。

考えたことを伝えると、和佳奈は「そうでしょうか？」と首をかしげた。

「でなけりゃ、そいつは蓄膿症で、自分の鼻がくさかったのを、君嶋さんの匂いだと勘違いしたんだよ」

この推測に、彼女はプッと吹き出した。そんなことがあるはずがないと思いつつも、多少は溜飲が下がったのではないか。

(待てよ。ひょっとして匂いが気になったから、パイパンにしたのか?)

毛のないほうが蒸れないし、こもらないだろう。ふと考えたものの、それだと順番がおかしくなる。パイパンにした後で男に避けられたのだから。

勘繰りすぎかと、浮かんだ推測を打ち消す。ともかく、気にする必要はまったくないのだと、伝えてあげる必要があった。

「だって、君嶋さんはこんなにいい匂いなんだから」

再びTバックを鼻先へかざすと、愛らしい看護師がうろたえる。

「ヤ、ヤダ。だからって、そんなふうにパンツを嗅がれるのは恥ずかしいですよ」

「だったら、アソコのほうを嗅がせてくれる?」

交換条件に、和佳奈はためらいを浮かべた。けれど、もはや拒む道理はないと悟ったようだ。

「はい……わかりました」

しおらしくうなずき、頬を真っ赤に染める。なんて可愛いのかと、健太郎は身悶えしたくなった。

「あと、舐めてもいいよね?」

「いやん。い、犬崎さんがそうしたいんだったら……あ、その前に」

にじり寄った彼女が、牡の股間に手をのばす。斜め上方を向いていた肉器官に指を回した。

「あう」

快さが広がり、呻きがこぼれる。海綿体がさらなる血潮を集め、完全勃起した。

「あん。またこんなに硬くなっちゃった」

喜びを含んだ声で報告し、手を緩やかに動かす。

「こうなっちゃうのは、おれが君嶋さんのすべてを好きだっていう証拠だよ。匂いだけじゃなくて」

「うん……ありがとう」

礼を述べ、白衣の娘が顔を伏せる。赤く腫れた亀頭にチュッとキスをした。

「ううう」

たまらず腰を震わせて呻く。

「あは、元気。ビックンビックンしてる」

和佳奈がはしゃいだ声をあげる。すっかり元気を取り戻したようだ。

「お、おれのはいいから、君嶋さんのを舐めさせてよ」

「はーい。あ、ちょっと待ってください」

彼女は白衣のボタンを外すと、前を開いた。レースのブラジャーに包まれた乳房があらわになる。

（うわ、大きい）

予想に違わぬ巨乳っぷり。Gカップ、いや、HとかIとかもありそうだ。

白衣が肩からおろされ、続いてブラのホックも外される。たわわに実ったおっぱいが、たぷんとはずんでまろび出た。

ゴムまりとか小玉スイカを連想させる乳ボール。頂上の突起は可憐な薄桃色。土台の大きさと比較するためか、やけにちんまりしている。

「うふ。犬崎さんって、おっぱいも好きなんですね」

視線が釘付けになっていることに気がついて、和佳奈が口許をほころばせる。

「あ、いや……」

健太郎は我に返り、バツが悪くて小さく咳払いをした。

「あとで、おっぱいでオチンチンを挟んであげますね」

「え、それってパイズリ?」

「はい。彼氏にやってあげたら、すごく喜んでましたよ」

昼間、面白がって口にした行為を、すでに経験済みだったとは。見るからに柔らかそうな乳肉に挟まれたら、たしかに気持ちいいに違いない。

頭の白いキャップも取り外され、グラマラスな女体が一糸まとわぬ姿となる。もうちょっとナースプレイを愉しみたい気もしたが、シワになったり汚れたりしたらまずいのだろう。無理は言えない。

「じゃ、どうぞ」

魅惑のヌードがベッドに横たわる。さっきと同じように立てた膝を開き、牡を迎えるポーズをとった。

「だ、だけど、イヤだったら無理しなくてもいいんですからね」

焦って付け加えたのは、まだ匂いが気になるからか。それに応じることなく、健太郎は蠱惑的な香りを振りまく源泉に口をつけた。

「あふッ」

途端に、和佳奈が腰をピクッとわななかせる。さらにペロペロと、ほんのりしょっぱい蜜を舐め取ると、艶腰が悩ましげにくねりだした。

「あ、あ、こんなのって……」

譫言《うわごと》みたいなことを口にして、下腹をヒクヒクと波打たせる。

彼氏もしてくれなかったと嘆いていたが、そうするとクンニリングスはまったく初めてなのか。軽くキスされることぐらいならあったかもしれないが、本格的にねぶられたことはなさそうだ。

何しろ、泣くほどに秘部の匂いを気にしていたのだから。

これが初体験ならば、尚のことといいものだと教えてあげなければならない。健太郎は感じるポイントを丹念に探り、決して自分本位にならぬよう、とにかく彼女を感じさせるべく努めた。

「あ、あ——」

洩れる声が甲高くなる。柔らかな内腿が頭をギュッと挟み込んだのは、切なくなっている証拠ではないか。

「あ、そこぉ」

鋭い嬌声が聞こえたのは、包皮を剝いてクリトリスを吸ったときであった。

(やっぱりここが感じるんだな)

ただ、直にだと呼吸が荒くなり、どこか苦しそうだ。包皮ごと唇で挟み、舌先ではじくようにすると、程よい刺激だったらしく素直な悦びを口にした。

「くうう、か、感じる」

だが、言ってから「いやあ」と恥ずかしがる。好奇心旺盛でありながらも純情。両方を併せ持った、実に素敵な女の子だ。

途中で顔をあげ、「気持ちいい？」と問いかけると、頬を紅潮させた和佳奈がうなずく。

「どこが一番感じるの？」

「えと……クリトリスが」

部位の名称をストレートに告げたのは、看護師ゆえなのか。

「じゃあ、もっと舐めてあげるね」

再び秘苑に口をつけようとした健太郎であったが、「あ、待ってください」と引き止められる。

「え、どうしたの？」

「あの……わたしも犬崎さんのオチンチンが舐めたいです」

大胆なおねだりに、健太郎は嬉しすぎて目眩《めまい》を起こしそうになった。おそらく、自分ばかりが奉仕されるのが居たたまれなく、お返しをしたくなったのだろう。

ただ、一緒に舐め合うつもりではなかったらしい。ならばとシックスナインを提案すると戸惑いを示し、逆向きで上に乗るよう促すと、いっそう恥ずかしがったからだ。

「そ、そんなことをしたら、おしりの穴までまる見えになるじゃないですか」

「だけど、君嶋さんだって、僕のおしりの穴を見たじゃないか」

「あ、あれは、毛を剃るために仕方なく……」

「それに、一緒に舐めっこしたほうが、絶対に気持ちいいよ」

「うう……でもぉ」

逡巡したものの、自分からペニスを舐めたいと言った手前、拒めなくなったようだ。

「あ、あんまり見ないでください」

涙声でお願いしつつ、仰向けになった健太郎の胸を跨ぐ。こちらももっちりして充分に実った、丸々としたおしりを向けて。

(ああ、素敵だ)

あらわに開かれた谷底に、乳首と同じ色合いの可愛いツボミがある。その真下には、クンニリングスで濡れほころんだ恥苑。ぷっくりした盛りあがりと縦スジは、もうひとつのおしりという風情だ。

若尻は間近で目にするとかなりの迫力で、怖じ気づきそうになる。その一方で、顔を潰されたい、いっそ窒息したいという被虐的な感情もこみ上げた。

だからこそ、たわわな丸みを自ら引き寄せたのだ。

「あ、ダメっ」

和佳奈が声をあげたときにはすでに遅く、重量感のある柔肉が顔面を強襲する。

「むううう」

反射的に抗ったものの、頰に当たる臀部のなめらかさとぷりぷり感が素敵で、瞬く間に陶酔に陥る。鼻がもぐり込んだ尻割れにこもる、蒸れて熟成された汗の香りもたまらなかった。

「ああん。もう……無理なことするからぁ」

なじられてもかまわず、健太郎は舌を躍らせた。口許にちょうど女唇が密着していたのである。

「あ、あふっ、くぅううーン」

和佳奈が愛らしい声で啼く。ふっくらしたヒップに、細かな波が生じた。

「ううう、え、エッチなんだからぁ」

声を震わせた彼女が、お返しとばかりに屹立を口に入れる。最初から強く吸引され、陰嚢が下腹にめり込みそうなほど持ちあがった。

（うう、気持ちいい）

亀頭をピチャピチャと舐め転がされ、さっき多量に放精したばかりなのに、早くも危うくなりかける。口の中が熱く、おまけに舌が蕩けるみたいに柔らかだったので、快感もひとしおだったのだ。

対抗すべく、健太郎も秘核を吸いねぶる。だが、同じことをしても芸がない気がした。

そのとき、ふと疑問が浮かぶ。

（この子もおしりの穴が感じるんだろうか？）

肛門科医師の孫娘は、ペニスを自ら後ろの穴へ誘い込むほど、アナル感覚が研ぎ澄まされていた。和佳奈はそういう経験はなさそうだが、舐めれば多少は感じるのではないか。

そんなことを考えたのは、アヌス付近に恥ずかしい匂いがしなかったためかもしれない。Ｔバックの細身に染み込んだ移り香がすべてだったのか。ならば味はどうなのかと、よりプライベートな秘密を暴きたくなった。

そして、思い立ったが吉日とばかりに、可憐な秘肛をペロリと舐める。

「ンふっ」

最初のひと舐めは、単なる事故か偶然かと思ったらしい。彼女は太い鼻息をこぼしたものの抵抗しなかった。

だが、さらに舌を這わせたことで、故意であるとわかったようだ。口に収めた陽根を吐き出し、尻の谷を強くすぼめた。

「イヤイヤ、そ、そこはホントにダメなのぉ」

ほとんど叱りつけるような口調。性器のように匂いや汚れが恥ずかしいというものではなく、看護師として衛生的によくないと思っているのではないか。

だが、和佳奈だってサービスだと、尻の穴を舐めたのである。清めたあとだったけれど、こちらとて彼女のアヌスが汚いなんて感じていないのだから、心情的には変わりない。つまり、同じことなのだ。

勝手な理屈をつけて、健太郎はアナル舐めを続けた。逃げようとする豊臀を、しっかり捕まえて。

「あうう、も、バカぁ。病気になっても知らないから」

泣きべそ声の忠告も馬耳東風。東から西へと抜けてゆく。あとはひたすら舐め回すのみ。

「あ、ううう……くすぐったいのにぃ」

薄桃色のツボミがヒクヒクと収縮する。口で非難するほどには、悪い心持ちではなさそうだ。

もはやあれこれ言っても無駄だと悟ったらしい。和佳奈はフェラチオを再開させた。すっぽりと頬張り、唾液を溜めた中で舌をにゅるにゅるとまつわりつかせる。これがアイスキャンディーなら、瞬く間に持ち手の棒のみになったはず。

（うわ、そんな……）

巧みな口淫奉仕に、健太郎はまた危うくなった。彼女の巨乳が腹の上でひしゃげており、そのぷにぷにした柔らかさにも官能を高められる。

そして、顔の上にはぷりぷりの巨尻。何のことはない。全身でグラマラスなボディを受け止めているわけである。謂わば女体掛布団だ。

アヌスを舐められるのはいちおう快いようでも、美津江のようにあらわな反応は示さない。ここはターゲット変更だと女芯に舞い戻れば、そこは温かな蜜をたっぷりと溢れさせていた。

（いちおう感じてたみたいだぞ）

それとも、敏感なところを舐めてくれないもどかしさから、焦れて愛液を垂らしただけなのか。

どっちでもいいかと、健太郎はほんのり甘い蜜を舌に絡め取り、それをクリトリスに塗り込めた。

「んんんんッ」

頬張った筒肉を、和佳奈が咎めるように吸いたてる。それにもかまわず敏感な肉芽を吸い転がすと、とうとうしゃぶっていられなくなったらしい。

「ぷは──」

漲り棒を解放し、無毛の股間に顔を伏せてハァハァと荒い息づかいを示す。鼠蹊部が彼女の吐息で温かく蒸らされた。

「ね、舐めるのはいいから、オチンチンちょうだい」

屹立をしごき、感に堪えない口調でおねだりする白衣の天使。今は裸の天使か。

健太郎が豊臀を捕まえていた手を離すと、彼女がのろのろと身を起こした。重たげに腰を揺らし、からだの向きを変えて牡腰を跨ぐ。そそり立つものを逆手で握り、尖端を自らの底部にこすりつけた。

クチュクチュ……。

たっぷりと濡らされた性器同士が、淫らな粘つきをたてる。それが聞こえたのか、和佳奈が「やあん」と恥じらった。

「い、挿れちゃいますよ」

蕩けた眼差しで告げる。肉槍の切っ先が蜜穴にもぐり込むと指をほどき、ゆっくりと腰を落とす。

「ね、見ててください。毛のないオマンコに、オチンチンが入っていくところ」

「うん。すごくエッチだ」

「そ、そうでしょ。ああん、脚がガクガクするぅ」

挿入を見せつけるつもりが、しゃがんだ体勢が不安定だったから、長く持たなかったようだ。間もなく、彼女は力尽きて坐り込んでしまった。

「あふぅうーんっ」

膣奥を突かれ、からだを反らして喘ぐ。小玉スイカを思わせる巨乳が、たぷんと上下にはずんだ。

（ああ、入った）

健太郎もうっとりして、のばした手足を震わせた。

腿の付け根におしりの重みを感じる。豊かな存在感と、お肉の弾力がいい感じだ。心地よく締めつけられる分身と相まって、深く結ばれたことを実感する。

「う、動いてもいいですか？」

和佳奈が許可を求める。「いいよ」と返事をすれば、肉感的なボディが上下にはずんだ。

「あ、あん、あ——気持ちいい」

無毛の恥部の真下に、肉の棒が見え隠れする。それはたしかに背徳感を伴った、いやらしい光景だ。

（おれと君嶋さんのセックスを、みんなに見せたいな）

いつしか健太郎はあやしい気分にひたっていた。

第四章　ＭＲＩで下半身解析

1

翌日の火曜日、和佳奈は夜勤であった。

「あのさ、朝の身体計測は他の看護師さんだったたんだけど」

就寝前の計測にやって来た彼女に告げると、ドキッとした顔を見せた。

「え、それで？」

「体重を測るとき、入院着は脱がなくてもいいって言われたよ。そのぶんの重さはあとで引くからって」

咎める眼差しに、愛らしい看護師はわずかにうろたえた様子だった。

「あ、あら、そう？　まあ、入院着はみんな一緒だし、重さはわかってるから、それでも測れないことはないいんだけど。でも——」

「……でも？」

「わたしは、何事も正確を期すべきだと思ってるの。さ、脱いでちょうだい。全部」

そう言って、ニッコリと笑う。親密になったおかげでくだけた言葉遣いになったのも嬉しいが、何よりこの笑顔に弱かった。

(要は、自分の趣味で裸にさせたんだな……)

最初からパイパンであると見抜いたわけではなく、たまたまだったのだろう。結果的にそれが、ああいうことを招いたのである。

入院着を脱ぎながら、健太郎はふと昨晩の行為を思い返した。無毛の性器で交わり、彼女の膣奥にたっぷりと射精したことを。

終わったあと、和佳奈が甲斐甲斐しく汗を拭いてくれて、心地よい気分の中眠りに落ちたのである。空腹で寝つけなかったことが嘘のように。それだけ気持ちのよいセックスだったのだ。

そんな記憶を蘇らせれば、海綿体の充血は避けられない。素っ裸になったときには、ペニスは水平近くまで持ちあがっていた。

「あら」

気がついた和佳奈が、悪戯っぽい眼差しで睨んでくる。《いけない子ね》と咎めるみたいに。

「もう実験はしなくてもいいんだけど」

言われて、健太郎は頬が熱くなった。

「しょうがないよ。条件反射みたいなものだし」

「どんな条件反射なのよ？」

あきれながらも、艶めく瞳は牡の変化をじっと見つめている。腰の裏が妙にゾクゾクして、分身がさらに膨張した。

それでも、いちおう身体計測は続けられる。

「身長は変化なし。体重は、あ、入院時より、五百グラム近く減っているわ」

「え、本当に？」

「やっぱり食生活に問題があったんじゃないかしら。カロリーと栄養を考えて摂《と》れば、余分なものが体内に残らなくて、きちんと代謝されるんだと思うわ」

たしかに、心なしかからだが軽くなった気がする。身を屈めたときの腹部の圧迫感も楽になったようだ。

そして、胸囲と腹囲の測定でも、腹囲がわずかながら下がっていた。

（この調子なら、一週間でメタボとおさらばできるんじゃないだろうか）

まさに入院ダイエットか。和佳奈も喜んでくれた。

「お腹もすっきりした感じね。ちょっと引き締まったんじゃないかしら。これも運動したおかげなのね」

「え、運動？」

健太郎が首をかしげると、彼女が恥ずかしそうに上目づかいで見つめてくる。それで運動というのはセックスのことだと悟った。

（だけど、一番運動したのは君嶋さんのほうだと思うけど）

騎乗位で激しく腰を振り、牡の精を子宮口に浴びるまでに、二回も昇りつめたのだ。他の病室にまで聞こえそうな、はしたないアクメ声を張りあげて。

「だったら、君嶋さんのほうがもっと瘦せてるんじゃないの？」

思わせぶりな笑みを浮かべて告げれば、可愛いナースがうろたえる。ベッドを軋ませた腰づかいや、そのときの快感まで思い出したのではあるまいか。

「もう……エッチ」

恥じらいの涙目で睨まれ、ゾクゾクする。ここに至って、ペニスは完全勃起した。彼女はすぐ前に跪《ひざまず》いているから、白衣に包まれた巨乳の谷間に、今にもめり込みそうだ。

それを見て、不意に思い出す。

「あ、そうだ」

「え、どうしたの？」

「ゆうべ、あとでパイズリをするって約束したのに、してもらってない」

これには、和佳奈は頬を赤らめた。

「そんなことまで憶えてたの？」

おそらくその場のノリで言ってしまったのであろう。面と向かって言われ、恥ずかしくなったようだ。

「じゃあ、今夜してくれる？」

図々しくお願いすると、愛らしい面立ちが眉をひそめる。

「それはあとでね。他の患者さんのお世話もあるから」

担当とはいっても、健太郎の専属ではない。だから昨夜も、仕事を終えてから来てくれたのだ。

「あとでって、いつ？」

しつこく訊ねてしまうと、彼女が「んー」と考え込む。

「深夜過ぎに休憩が取れるから、そのときかしら」

まだずっと後になるようで、健太郎はがっかりした。それが顔に出たらしく、気の毒だと思ってくれたようである。和佳奈が矢庭に屹立を口に含んだのだ。

「あうッ」

強く吸引され、膝がガクガクと震える。さらに、柔らかな舌をねっとりと絡みつかされ、目の奥に火花が散った。

温かな口の中で、二十秒ほどもしゃぶられたのではないか。

「ぷあ——」

和佳奈が口を大きく開けて漲りを解放する。彼女の唇と鈴口のあいだに粘っこい糸が繋がり、それが舌で舐め取られた。

唾液に濡れ、赤みを帯びた肉根に、しなやかな指が巻きつく。ヌルヌルと摩擦され、危うく座り込みそうになった。

「あとで必ず来るから、それまでおとなしく待ってるのよ」

和佳奈は健太郎にではなく、ペニスに声をかけた。しかし、こんな気持ちいいことをされては、おとなしくするのは至難の業である。

勃起しっぱなしの分身を持て余して悶々としながらも、健太郎はどうにか眠ることができた。オナニーをしたいほど高まっていたのであるが、それはもったいない。自分で出すより、和佳奈にしてもらったほうが何倍も何十倍も快いのだから。

（パイズリか……気持ちいいんだろうなあ）

そんなことを考えながら睡魔に落ちたためか、妙な夢を見た。詳細はよく憶えていないものの、小鳥のパイズリを探してあちこちをさまよっていたようなのである。そして、

《それはパイズリではない。さえずりだ！》

と気がついて目が覚めた。

「え——？」

消灯後の病室を、枕元のアームライトが照らしている。明かりに浮かびあがるのは、股間にいる白衣の天使。

「あら、目が覚めたの？」

悪戯っぽく目を細めたのは、もちろん和佳奈だ。彼女は断りもなく入院着のズボンのマジックテープを剝がし、開かせた脚のあいだにうずくまっている。そして、自身も胸もとを大きくはだけて、巨大なおっぱいで牡のシンボルを挟み込んでいたのだ。

そこが睡眠時の作用で膨張したのか、それとも彼女の愛撫に反応したのかはわ

からない。しかし、そそり立つものが、今はぷにぷにした乳肉の谷間に埋まり、うっとりする快さにひたっているのは厳然たる事実だった。

「あ、小鳥のパイズリ」

夢うつつの状態にあったようで、訳のわからないことを口走ってしまう。和佳奈はきょとんとしたものの、ただの譫言だと理解したようだ。

「これ、気持ちいいでしょ？」

そう言って、両手で捧げ持った小玉スイカを同時に上下させる。

「あ、あっ――」

健太郎はのけ反って声をあげた。

みっちり詰まった柔肉で包まれ、ペニスを余すところなくこすられるのだ。膣の締めつけとは異なる圧迫感もたまらない。

クチュクチュ……。

事前に唾液を垂らしたらしい。こすられるところがかすかな粘つきをたて、ヌルヌルした感触もあった。

「うう、すごく気持ちいい」

腰をよじって快さを訴えると、和佳奈は嬉しそうに口許をほころばせた。

「じゃあ、こういうのはどう？」

今度は巨乳を互い違いに上下させる。右乳と左乳が多彩な変化を示し、健太郎は全身をピクピクと波打たせた。

「あうう、す、すごくいいよ。もう出ちゃいそうだ」

実際、蕩ける悦びが手足の先まで浸透している。爆発は目の前だ。

「いいわ。出して」

肉根を挟む力が強くなり、おっぱいの上下運動も速度があがる。これにはひとたまりもなかった。

「あああああ、いく——出るぅ」

ガクンと大きく腰をはずませ、牡の熱情を放つ。それは胸の谷間から飛び出すことなく、逆流して強ばりにまといついた。

そのヌメりも利用され、グチュグチュとこすられる。ペニスが溶けてしまいそうに気持ちがいい。

「ああ、ああ、あ……」

健太郎は息を荒ぶらせ、ぐったりしてベッドに沈み込んだ。

「ふう……」

ひと仕事終えて息をついた和佳奈が、そろそろと巨乳を左右に分ける。こすられて赤みを帯びた屹立が現れ、筋張った肉胴には泡立った白い粘液がべっとりと付着していた。もちろん、おっぱいの谷間もドロドロ状態だ。

悩ましい青くささが漂ってくる。淫靡な趣が濃厚なのは、摩擦で熱を帯びたためなのか。あるいは、唾液の匂いも混じっているからなのか。

「あん、いっぱい出た」

肌を伝って垂れ落ちそうな白濁液を、和佳奈は用意してあった濡れタオルで拭った。胸の谷間だけでなく、ペニスも。

多量に放精したはずが、分身はピンとそそり立ったままで、少しも萎える気配を示さない。パイズリの快感が大きすぎて、勃ちグセがついてしまったのだろうか。

「すごい……まだこんなに硬いわ」

巨乳をしまってから、白衣の天使が清めた牡根を握る。緩やかにしごき、やるせなさげなため息をついた。

せっかくしまったおっぱいをあらわにさせ、もう一度挟んでもらうのは我が儘だろうか。そんなことを考えたとき、彼女がやけに潤んだ瞳で見つめてきた。

「ね、また出したい？」

ストレートな問いかけに、迷ったのはほんの一瞬だった。

「うん、出したい」

「えっと」

和佳奈はちょっと迷う素振りを見せたあと、

「まだ仕事が終わってないから、エッチは無理だけど……お口でいい？」

と、気遣う面持ちで訊ねる。勤務中のパイズリはよくても、セックスは気が咎めるようだ。彼女の中に、ここまではＯＫという線引きがあるのだろう。

ならばフェラチオでも御の字だという気持ちになったけれど、不意に閃く。

「あの、だったら、ちょっと言うとおりにしてもらえるかな？」

「え、どうするの？」

「股のあいだに座って、足をおれのほうにのばしてほしいんだけど」

首をかしげつつ、和佳奈は言われるままにした。健太郎が何を目論んでいるのか、まったくわからぬまま。

「これでいいの？」

男の股ぐらに尻を据え、足を差し出す。とりあえず右足からであったが、そんな格好をすれば、当然ながら白衣の裾が乱れて中が覗かれることになる。

健太郎は手元のボタンでベッドのリクライニングを調節し、上半身を斜めに起こした。そそり立つ秘茎の向こうに、ナースのパンチラがある。

（ああ、いやらしい）

白いパンストに、今日はピンク色の下着が透けていた。クロッチの幅が普通だから、Ｔバックではないらしい。

牡の視線が白衣の中に注がれているのを見て、和佳奈は納得したふうにうなずいた。

そのため、パンティを見たかったのかと思ったようだ。

それを引き寄せ、差し出した右足を摑まれても、まったく抵抗しなかった。健太郎が爪先を鼻に押し当てるまでは。

「え？」

いったい何が起こったのか、咄嗟には判断できなかったのだろう。けれど、足指の付け根付近に漂う臭気を深々と吸い込まれるのを悟るなり、焦って足を引っ込めようとした。

「ちょ、ちょっと、ヤダ――」

そうなることは、健太郎も予想済みであった。だからこそ、足首をしっかりと捕まえて離さず、クンクンと鼻を鳴らしたのである。

（たまらない……）

その部分には、汗と脂のミックスされたカジュアルな匂いがあった。昨日それとなく嗅いだ、仕事終わりの濃厚なものほどではなかったが、成分は等しいとわかるものだ。

（勤務途中でもこんな匂いがするぐらいに頑張ってるんだな）

それも、こんなに可愛らしい看護師さんが。そう考えると、とても崇高で気高いものにすら感じられる。

そのくせ、愛らしい顔立ちと生々しいフレグランスとのギャップに、昂奮もしていたのだ。

「イヤイヤ、そんなくさいところ嗅がないでっ！」

和佳奈の抵抗は弱まらない。洗っていない秘部の匂いを知られたあとでも、足は嗅がれたくないのか。どうやら恥ずかしさの種類が異なるようだ。

「む……心配しないで、君嶋さんは、ここもいい匂いだから」

「バカなこと言わないで。離してよ、ヘンタイ」

昨日の比ではない怒りようだ。

「本当だってば。信じられないなら、おれのチンポをさわってみてよ」

彼女は足を引き戻そうとしつつ、それでも素直に勃起を握った。そして、健太郎が鼻息を荒ぶらせるたびに、そこが雄々しく脈打つのに気がついて、抵抗が弱まる。

「どうしてこんな……」

信じられないというつぶやき。性器のときのように、牡を昂奮させるとわかって安心したのとは違った反応だ。

それから、どこか蔑んだ目つきを健太郎に向ける。

「犬崎さんって、単なる匂いフェチなんじゃないの？」

くさいものを好むだけの人間だと疑われているらしい。

「そんなことないよ。もしもそうだったら、今頃ナースステーションに忍び込んで、看護師さんたちのシューズを嗅ぎ回ってるさ」

「シューズはナースステーションじゃなくて、更衣室にあるんだけど」

「そんなことはどうでもいいよ。とにかくおれは、君嶋さんの何もかもが好きなんだから」

言っていることは昨夜とほとんど変わっていないのに、美人ナースは明らかに困惑している。少なくとも、あまり喜んでもらえていないようである。

（足の匂いまで嗅いだのはまずかったかな……）

やりすぎたのかと後悔したとき、和佳奈が唇の端に笑みを浮かべる。

「じゃあ、こういうのが好きなんですね」

言うなり、両足を健太郎の鼻面に密着させたのだ。

「むぷっ」

いきなりで驚いたものの、ほんのり湿った感じのあるナイロンの爪先をぐいぐいと押しつけられ、たちまち陶然となる。

(ああ、素敵だ……)

発生源が二倍になったことで、薫臭の濃密さが増す。あとから添えられた左足のほうが、汗の酸味が強いようだ。

「ったく、くさい足まで好きなんて、どうしようもないひとだわ」

なじりながら、足指で鼻や唇を摘まんだりする。お仕置きのつもりらしい。だが、本心から嫌悪していないのは、あまり痛くないことからも明らかだ。

それに、強ばりきった筒肉を、ずっとしごいてくれている。

「むむ、う――むふぅ」

鼻奥を刺激する匂いと、手コキのダブル攻撃。健太郎はたちまち舞いあがり、分身の根元に次の砲弾を着々と溜めていった。

（ああ、舐めたい……）

許されるものならストッキングの爪先を破り、足の指を一本一本しゃぶってあげたい。いったいどんな味がするのだろう。匂いからしてしょっぱそうではあるが、これればかりは実際に味わってみないとわからない。

だが、彼女はこのあとも仕事がある。さすがにそこまでは無理かと思ったとき、

「あ、だったら――」

声がして、鼻面の足がはずされる。見ると、和佳奈が得意げな表情を浮かべていた。何か閃いたらしい。

「ひょっとして、こういうのも好きなの？」

彼女は膝を曲げると、両足の裏で牡器官を挟んだ。ナイロンのザラッとした肌触りが快く、思わず腰を震わせるや否や、足が上下に動いた。

「あ、あ、あ……」

健太郎はたまらず声をあげ、のけ反って手足をわななかせた。

手コキならぬ足コキ。単純に快感のみで言えば、手でされるほうがずっと気持ちいい。こんなことをするのは初めてなのだろうし、覚束ない感じがあるからだ。

いや、仮に熟達したとしても、手に敵うとは思えない。人間の足は、そこまで

器用ではないのだから。

にもかかわらず、健太郎が身をよじるほどに感じてしまったのは、可愛い看護師さんの足でペニスを悪戯されることに、背徳的な悦びを得ていたからである。自分はこんなことをされているという、一種被虐的な思いが、技巧を超えた快感をもたらしていた。

「うふ、オチンチンがピクピクしてる。足でシコシコされるのが、そんなに気持ちいいの？」

侮蔑的な言葉も、なぜだか心地よい。

見ると、和佳奈は脚を菱形のかたちにし、白衣の中を大胆に晒している。白いナイロンに透けるピンクのパンティは、よく見ればクロッチの中心に小さな濡れジミが浮かんでいた。牡の猛りを足で弄びながら、昂ぶっているのだろうか。

ついそこをじっと見つめてしまうと、彼女が「エッチ」と含み笑いでなじる。

あるいは、このまま射精まで導くつもりなのかと考えたとき、さらに昂奮できる体勢を思いついた。

「あの、おれの顔に乗って、今みたいに足でチンポをしごいてくれない？」

「え？」

どういうことかという顔を見せた和佳奈であったが、健太郎がベッドを平らにしたことで理解できたようである。顔面騎乗をして、足コキをするのだと。

「ヘンなことばっかり考えるのね」

あきれ返りながらも、いそいそとからだの向きを変え、顔を跨いでくれる。自分でも、俄然興味が湧いてきたのではないか。

それでも、顔に座る前に、ちゃんと気遣ってくれた。

「ね、これだと、足でからだを支えることができないから、まともに体重がかかっちゃうわよ。それでもいいの？」

「うん、もちろん」

「苦しくなったら、ちゃんと合図してね。ギブアップだって」

「わかった」

「それじゃ——」

彼女は白衣の裾をたくし上げると、白いパンストに包まれたヒップをあらわにした。そこに透けるピンクのパンティは、ごく普通のフルバックタイプ。それだけだと地味に違いないシンプルな下着も、薄いナイロン越しだとやけにエロチックである。

（ああ、早く）

心の中で求めると、丸々とした臀部が顔面にのしかかる。

「むうう」

蒸れた部分が口許に密着する。昨日ほどではないものの、正直な秘臭をまともに嗅いで頭がクラクラする。本当に酸素不足に陥ったせいもあるかもしれない。

だが、パンストのザラついたなめらかさや、尻肉のむっちり感が好ましい。少しも苦しくなかった。

まともに体重をかけたら危険だと判断したのだろう。和佳奈は上半身を後ろに倒し、両手をベッドについてからだを支えたようだ。

それから、屹立を両足で捉え、しごきだす。

「むむむむむぅ」

健太郎は呻き、釣り上げられた魚のごとく、全身を跳ね躍らせた。

顔面騎乗の心地よさに、足コキの気持ちよさが合わさって、まさに鬼に金棒というところ。いや、この場合は、尻にチン棒なのか。

ともあれ、豊満な若尻と心ゆくまで密着し、尚かつ牡を奮い立たせるフェロモンをたっぷりと嗅がされている。さらに、ナイロンで覆われた足がペニスを快く刺激してくれるのだ。これ以上に甘美な状況があるものだろうか。

（ああ、まさに天国だ）

これなら死んでも惜しくないと、本気で思う。あの世でもずっとこの尻に敷かれていたい。天国にいるのはお釈迦様なのかもしれないが、自分はこっちの観音様のほうがいい。

罰が当たって地獄に落ちそうなことを考えながら、歓喜の空へと舞いあがる。脈打つ分身は多量のカウパー腺液をこぼしている様子で、パンストの爪先がぬらついているのがわかった。

「こんなにお汁をこぼしちゃって」

なじりつつも、和佳奈は厭うことなくフットワークに精を出す。敏感なくびれを指で挟み、くちくちと刺激することまでしてくれた。

「むふっ、むふふッ、むうううっ」

いよいよ終末が迫り、健太郎は両膝を忙しくすり合わせた。察した和佳奈が、足指の付け根のぷにっとしたところで強ばりを挟み、すこすこと上下させる。

「ほら、いっぱい出しなさい」

淫らな命令が引き金となる。悦楽の極致へ至り、淫臭を目一杯吸い込んだところで、快感の核融合が起こった。

「むはっ！」

めくるめく歓喜で頭の中が真っ白になり、白い砲弾を撃ち出す。

「あ、出た出た。やん、すごく飛んでるぅ」

和佳奈のはしゃいだ声が、やけに遠くから聞こえた。

2

翌日、水曜日の午後一に、頭のＭＲＩ検査があった。

「ＭＲＩとは、Magnetic Resonance Imagingの略で、日本語に略すと核磁気共鳴画像法となります。どういうことかと言うと、細胞が持っている磁気を核磁気共鳴を利用して検出し、それをコンピュータで映像化するんです」

そう説明してくれたのは、検査の担当者である若い女性だった。年は和佳奈よりちょっと年上ぐらいで、おそらく二十代の半ばであろう。胸の身分証によれば、名前は中川円香《なかがわまどか》。

ただ、名前は円香でも、四角四面の生真面目なタイプのようである。先の説明も、本来ならわかりやすく、くだけた感じで教えてくれればいいようなものの、素人相手に知っていることをそのまま伝えているふうだ。

見た目も黒縁眼鏡をかけ、一度も染めたことのなさそうな黒髪を、左右にきっちりと分けてお下げにしている。顔立ちはととのっているけれど、昔の優等生かクラス委員かという野暮ったさ。融通などききそうにない。白衣のパンツスタイルも、堅苦しい印象を与える。

おかげで、ＭＲＩがどういうものか、健太郎にはさっぱり理解できなかった。

（要するに、からだを切ることなく、断面とかを撮影するんだろう）

ＣＴスキャンなら聞いたことがある。あれはＸ線を使うのではなかったか。そういう放射線的なものよりは安全なのだろう、きっと。

と、適当に理解して検査室に入ったものの、ＳＦ映画に出てくる宇宙船の中みたいな内装と、中央にでんと置かれた巨大な機械に怖じ気づいた。

簡単に形容すれば、人工的な洞窟である。それも、人間が横になってようやく通れるぐらいの。

この中に入って頭の写真を撮られるのかと思うと、たとえ安全だとわかっていても、いささか怖くなる。閉所恐怖症ではないが、入ったが最後、そこから出られなくなる気がしたのだ。

そもそも人間がこんな狭いところに、しかも横になって入ることなどそうそうない。最も近いのはカプセルホテルか。しかし、あれはもっと広い。

もしかしたら、その狭さから棺桶とか死体安置所を連想し、怖くなるのかもしれない。あと、入り口が広くて奥が狭いなだらかなラッパ状のかたちも、吸い込まれていきそうな錯覚を生じさせるのではないか。

ともあれ、完全に臆してしまった健太郎にも、円香は機械的な対応しかしてくれなかった。

「犬崎さんには、この寝台に横になっていただきます。姿勢は仰向けで、その状態でMRIの中に入っていきます。頭を固定しますけど、ご自身でも動かないよう努めてください」

「はあ、わかりました……」

「では、乗ってください」

健太郎は股下ぐらいの高さの寝台に渋々とあがった。狭くて、動けと言われても満足に動けなさそうなところに。

頭のところに枕状のものがあり、そこにベルトで固定される。それもかなりがっちりと。解かれない限り、動くことは不可能だ。この状態で狭いところへ入るのだと考えるだけで、身の縮む思いがした。

（ええい、検査のためだ。我慢、我慢——）

べつに、ずっとここに入っているわけではない。検査が済むまでの、わずかな時間だけなのだから。

そう自らに言い聞かせたとき、

「では、始めますよ」

円香が声をかける。頭を固定されているために何をしているのか見えないが、おそらく機械の操作をするのだろう。

そして、寝台がかすかな唸りとともに動きだした。そのまま洞窟の中へ、頭から入ってゆく。

検査室の天井が見えなくなり、代わってオフホワイトの機械の色が視界のすべてになる。それも翳《かげ》って色がはっきりしなくなり、全体に狭くなった。

（うう、早く終わってくれ）

そう祈るなり、ベッドがいきなり停止する。いよいよ撮影かと思えば、機械がたてていたかすかな音が聞こえなくなったものだから、妙だと思った。それこそ、電源が落ちたかのようだ。

おまけに、

「あ、あら？」

円香の戸惑った声が聞こえる。

（まさか、故障!?）

目玉をぐりぐりと動かして確認すれば、どうやらへソぐらいまでが横穴に入ったところで停止しているようだ。

（おいおい、勘弁してくれよ……）

心の中で嘆きつつ、このまま検査が中止になればラッキーだとも思う。頭痛は確かに気になるものの、こんな強迫的な状況に置かれて調べられるよりはマシだ。

しかし、頭ががっちりと固定されていることを思い出して蒼くなる。

（まずい。このままだと出られないぞ）

頭部はすでに筒穴に入り込んでいるから、ベルトを解くことができない。つまり動けないわけである。機械が再起動しない限り、這い出ることは不可能だ。

「あの、ＭＲＩ検査室ですけど、また止まっちゃったんですが……はい——」

内線電話でもかけているのか、円香の声が聞こえる。

（おいおい、またってどういうことだよ？）

見た目は最新式の、ピカピカの機械に見えたのに、そんなにしょっちゅう故障しているのか。綺麗どころをそろえていても、肝腎の診断内容は危なっかしい、ここが経営する検診センターそのものではないか。

(まさか、一生このままってことはないよな)

不安に駆られたとき、円香から「あの——」と声をかけられる。

「すみません。MRIが故障したようですので、しばらくお待ちいただけますか？　いずれ、メーカーの技術者が来ると思いますので」

「いずれって……いつ？」

「さあ、それはわかりません」

こちらの不安を煽るようなことを、あっさりと口にする。いくら生真面目で融通がきかないからといって、もうちょっと人間らしい対応をしてくれてもいいのではないか。気の毒がるとか、心配ないと慰めてくれるとか。

頭をがっちり固定されていることも、健太郎の憂苦を大きくしていた。おまけに目の前には、素材すら明らかでないのっぺりしたアーチ状の壁。狭い中に上半身のみとはいえ入り込み、二秒で飽きる視界の中で時を過ごさねばならないことがどれだけ苦痛なことか。大袈裟だと思うのならやってみればいい。

誰にともなく胸の内で毒づいても、少しも溜飲が下がらない。単なる検査用のものだから、寝ている台も心地よいものではない。寝返りも打てないから、背中の不快な感じがいっそう増す。

それでも待つしかないと諦めたとき、あたりがしんと静まりかえっていることに気がついた。

(まさか、おれをひとり残してどこかに行っちゃったのか？)

不安と焦りにかられ、「あの——」と呼びかければ、

「何ですか？」

返事があってホッとする。すぐ近くにいてくれたようだ。

「この機械、しょっちゅう故障するんですか？」

気を紛らわすために質問をすると、

「しょっちゅうなんてことはありません。まだ四、五回ぐらいです」

MRIがどの程度の頻度で故障するものか知らないけれど、それは充分に多いのではないか。

「直るのに、どのぐらいの時間がかかるんですか？」

「故障箇所にもよります。技術者の方が来られて、五分で直ったこともありますす

し、部品交換が必要になったときは、翌日までかかりました」

「じゃ、じゃあ、そのときは、患者さんはひと晩もこの中で過ごしたんですか？」

「まさか。ちゃんと出ていただきました」

そのひとは頭を固定されていたわけではなかったらしい。

「だけど、おれは頭をベルトで締めつけられているから、出られませんよね？」

「はい、もちろんです」

またあっさり言われる。

「どうにかして、出ることはできませんか？」

「首を切れば出られると思います。命を落とすことになりますけど」

口調からして、真顔で答えているらしい。本気で言っているのか、あるいはブ

ラックユーモアのつもりなのかは判断できない。ただ、どちらにしても笑えな

かった。

「技術者のひとはどれぐらいで来るんですか？」

「さあ。病院が連絡を取っているはずですけど、はっきりとわかりません」

会話をしても気が滅入るばかりなので、健太郎は黙りこくった。あとは眠って

時間を潰すしかなさそうだ。とは言え、頭を固定された状態で、なかなか寝られるものではない。

とりあえず目をつぶってみたものの、ろくでもないことばかりが頭に浮かんで、かえって目が冴えるばかり。苛立ちが募る。

(……どのぐらい経ったんだろう？)

状況が状況だけに、時間の感覚がさっぱりなのだ。心情的には、すでに一時間以上もこうしている気がする。だが、確認して十分も経っていなかったら、かなり落ち込むだろう。

(よし、愉しいことでも考えよう)

そうなると、いの一番に浮かぶのが、和佳奈とのことである。昨夜はパイズリと足コキで二回もほとばしらせ、今朝の身体計測でも、射精こそしなかったがフェラチオをされた。

今日は夕方から深夜までの勤務だとのことだから、そのあとでセックスができるに違いない。だから彼女も、今朝は最後まで導かなかったのだ。

(今夜はどんな体位でしようか)

などと淫らな想像をしかけたものの、それはまずいと瞬時に中断する。

（勃起なんかしたら、すぐにバレちゃうぞ）

何しろ下半身は機械の外にあるのだ。下着を穿いていないから、ペニスがふくらめばズボンがたちまちテントを張る。それを生真面目なＭＲＩ担当者に見つかったら、何を言われるかわかったものじゃない。最悪、ひとを呼ばれる可能性がある。

（落ち着けよ……）

最悪の事態を想像し、どうにか昂奮を鎮め込む。充血しかけた海綿体も、間もなく血流を解散させた。

危なかったと安堵した健太郎であったが、新たな危機が迫っていることに気がつく。尿意が募っていたのだ。

そして、意識すればするほど、それはぐんぐん大きくなる。

（うわ、まずい）

これも頭が固定されているためか、いつもより堪え性がないようなのである。頭を振って耐えることができないせいなのだろうか。

ここから出られない以上、誰かに処理をしてもらうしかない。溲瓶を当ててもらうのだ。

しかし、それを簡単に頼めない事情があった。

(しまった。今のオレはパイパンなのだ)

排尿のためにズボンを脱がされたら、無毛の股間を見られてしまう。それはかなりみっともない。

ならば、和佳奈を呼んでもらおうか。いや、彼女は夜勤明けで、すでに帰宅している。病院に来るのは夕方で、それまではとても持ちそうにない。

(ああ、漏れそうだ)

もはや膀胱がパンパンだ。外がパイパンで中がパンパンなどと、くだらない駄洒落を面白がっている場合じゃない。

いっそ漏らしてしまおうかとも考えたが、小便で機械がさらに壊れたら泣くに泣けない。それに、漏らせばズボンを脱がされる。どっちにしろ同じことだ。

(ああ、もう、仕方がない)

背に膀胱は代えられない。この世で何よりも強いものは尿意である。位置について、尿意、ドン。

自らに発破をかけ、健太郎は声を出した。

「あの、すいません」

「どうかしましたか」

すぐ近くで返事がある。まったく気配がなかったものの、円香は律儀にもずっとついていてくれたようだ。

「あの、オシッコがしたいんですけど」

「でしたら、トイレへ行ってください」

「だけど、ここから出られないんですよ」

「あ――」

言われて思い出したらしい。案外抜けたところがあるひとだ。

「ちょ、ちょっと待っていてください」

あの堅物そうな女性が、意外にもうろたえている様子である。こちらの切羽詰まった状況を察して、というわけではなさそうだが。

続いて、内線電話をかけているらしき声が聞こえた。

「ＭＲＩ検査室ですけど、検査を受ける方がオシッコをしたいとおっしゃって……あの、機械が故障して動けないんです……はい……溲瓶ですか？　いちおうありますけど……はい……え、わたしがするんですか!?」

どうやら他に助けを求めたものの、そちらで処理するよう言われたらしい。

「いえ、ですけど……はい……実は、まだちょっとわからなくて……はい……そうですね……はい……はい、わかりました」

最後のほうは、かなり意気消沈した受け答えであった。やりたくないという心境が、痛いほど伝わってくる。

（ま、無理もないか）

ＭＲＩの担当者なら、患者のシモの世話とは無縁であろう。なのに小便を採れと言われれば、気が重くなるのは当然だ。おまけに、相手は男なのだから。

健太郎のほうは切羽詰まっていたから、誰にしてもらおうが関係なかった。とにかく、一刻も早く楽になりたかった。

間もなく、

「では、し、溲瓶を当てますね」

さっきまでのクールな態度が嘘のよう。今度は彼女のほうが怖じ気づいているらしい。

深呼吸をする気配があったあと、入院着のズボンが、マジックテープのところでペリペリと剝がされる。前の部分が下の方へめくられ、これで股間がまる出しだ。

「あ――」

小さな声が聞こえる。毛が生えてなかったから驚いたのだろう。しかし、どうしてなのかと質問することもできなかったようだ。まあ、訊かれたところで、答えようなどなかったが。

「し、失礼します」

もう一度声をかけられ、うな垂れたペニスの先にひんやりしたものが当てられる。溲瓶の口であろう。だが、そのままでは尿がこぼれると思ったか、肉棒の中ほどが摘まれ、亀頭が中に入れられた。

(あれ、今の——)

摘まれた感触からして、円香は手袋をしていないようだった。いちいち着けるのは面倒だと思ったのか。

だが、そんなことよりも、今の健太郎には尿意の解放が先決問題だった。

「いいですよ」

言われるなり、忍耐を解き放つ。

ジョボジョボジョボ……。

オシッコが流れる音を耳に入れながら、健太郎は「ふうー」と大きく息をついた。こんなに気持ちのいい放尿は、経験したことがなかった。

かなりたっぷり出したあと、最後にチョロッと残りをこぼし、「終わりました」と報告する。すると、溲瓶がはずされた。

円香は何も言わなかった。そばを離れる気配のあと、ドアが開閉される音がする。オシッコを捨てに言ったのだろう。

（……気の毒なことをさせちゃったな）

慣れていないのに加え、男が小便をするところを長々と見せつけられたのだ。あの生真面目っぷりからして、かなり不愉快だったに違いない。

ただ、若い女性に放尿を見られたのだと思い返すと、何となくモヤモヤしてくる。

ともあれ、戻ってきたら謝ろう。そう考えていると、検査室のドアが開く。誰かがこちらに近づいてくる気配もあった。

健太郎は謝るタイミングを見計らっていたのだが、結局、謝罪の言葉を口にすることはできなかった。なぜなら、再びペニスが摘まれ、先っちょに何かがちょんちょんと当てられたのである。

（あ、ティッシュだな）

尿の雫を拭いてくれているのだ。しかも、やはり手袋をしない指で。なんて優しいのかと、涙ぐみそうになる。

（悪かったな。勝手にあれこれ決めつけちゃって）

真面目なのは確かでも、悪いひとではなさそうだ。謝罪ではなく、ここはお礼を言うべきだろう。

ズボンを元通りにされたら、ありがとうと言うつもりだった。ところが、いつまで経っても股間があらわのままだったから、（あれ？）と思う。

（どうしてちゃんと穿かしてくれないんだろう）

マジックテープを留めるだけだから簡単なのに。まさか、乾くまでこうしておくつもりなのか。いや、拭かれたから、とっくに乾いている。

奇妙に思ったものの、健太郎は円香に声をかけることができなかった。やけに静かだったためと、それが許されない雰囲気を感じたからだ。

（……間違いなく見てるんだよな）

中心部分に、若い女の視線が注がれるのを感じる。成人男子の毛のない性器が珍しいと、観察しているのだろうか。

正直、円香には女性としての魅力など、ほとんど感じていなかった。けれど、ペニスを見られていると自覚することで、あやしい切なさが胸に広がる。思わず尻をモゾつかせてしまうと、陰嚢の上で軟らかな器官が左右に揺れた。

途端に、海綿体が再び充血する兆しを示す。

（こら、駄目だ）

自らを叱りつけても効果はない。ドクドクと流れ込む血流で秘茎が膨張し、重みを増してくる。そして、重くなったにもかかわらず浮きあがり、さらにふくらむのだ。

モロ出し状態では、勃起を誤魔化すことなど不可能。若い女性の日の前で、不肖の息子は慎みもなく自己主張をする。伸びあがり、硬くなり、とうとうピンとそそり立った。見えなくても、力強く根を張っていることがはっきりとわかる。

（ああ、勃っちまった……）

情けなさに苛まれる。女性に見られてエレクトするなんて、露出趣味の変態だと思われていることだろう。ああいう真面目そうな女性にとっては、最も忌むべき男に違いない。

もっとも、そういう真面目そうな人間が、どうして剝き身の牡器官を観察したのかも不思議なのだ。

一方で、雄々しくそそり立つものを見られていると思うと、胸が妙に高鳴る。もっと見てほしいと、それこそ変態じみた欲求がふくれあがった。

3

「こんなになっちゃうんですね……」

つぶやきに近い述懐が聞こえてドキッとする。円香だ。やはり見られていたのだと自覚するなり、屹立がビクンと脈打つ。

「す、すみません。無作法なところをお見せして」

無作法どころではないとわかっているものの、他に適当な言い回しが見つからなかったのである。

「いえ、いいんです……わたしが見たかったんですから」

この返答に「え？」となる。どういうことかと、頭が軽く混乱した。

「あの、見たかったって、チン——ぺ、ペニスを？」

「はい」

「ひょっとして、ペニスが勃起するところも？」

「そうです」

「ど、どうして？」

この問いかけに、少し間を置いたあと、

「……わたし、男のひとと親しいお付き合いをしたことがなくて、見たことがなかったんです」

円香はいたって生真面目な口調で答えた。

（つまり、処女ってことか？）

いかにも男を寄せつけない、男が寄りつかないタイプの女性だから、未経験であることに驚きはない。ただ、なるほどと思っただけである。

（そうか。溲瓶を使うことをためらったのは、男のアソコを見たことがなかったからなんだな）

だからと言って、男嫌いというわけではないらしい。むしろ好奇心は旺盛なほうだろう。だからこそ、用が済んだあとも股間を晒しものにしておいて、勃起しないかと願っていたのではないか。

（ひょっとして、素手でチンポをさわったのも、勃たせようとしてだったとか）

いや、それは考えすぎか。おそらく、興味津々で嫌悪など感じていなかったから、牡の性器に触れることができたのだろう。

「それで、どうですか？」

感想を求めると、生真面目な処女は戸惑いつつも答えた。

「えと……すごく逞しいっていうか、想像していたよりも大きくて、かたちも何だか立派です」

初めて目にしたわりに、恐怖心などかけらもないようだ。それだけ見たいという気持ちが強かったのだろう。

そして、そんなふうに褒められれば、分身も喜びをあからさまにする。

「あ、動いた」

ビクンビクンとうち震える肉根に、彼女は驚いたようだ。その声にも、どこか嬉しそうな響きが感じられた。

「好きなように観察してもいいよ」

「え、いいんですか？」

「ええ、どうぞ」

こちらは俎板《まないた》の鯉《こい》にも等しい状況にある。どうせ抵抗はできないのだ。もちろん、するつもりもない。

(まさか、こうなることを見越して、機械を故障させたわけではないんだよな)

チラッとそんな疑念が浮かんだものの、さすがにそれはあるまい。

「あの、さわってもいいですか？」

「いいよ」

願ってもないお願いである。いくらペニスを見るのが初めての処女でも、若い女性に触れられれば相応に快いはず。射精に導かれることはないにせよ、いい時間潰しにはなる。

「よかった。それじゃ――」

了解を得たことで、円香は大胆になれたようである。強ばりきった筒肉をギュッと握られたものだから、健太郎のほうが度肝を抜かれた。

（え、いきなりそんな――）

ただ、快かったのも確かだ。思わず腰を浮かせ、膝をすり合わせてしまうほどに。

「ううう」

呻き声もこぼれる。

「わ、すごく硬い。血液が溜まっただけで、こんなになるなんて」

経験はなくとも、ペニスの構造や勃起に関しての知識はあるようだ。いや、むしろよく調べていたことが窺える。

「ええと、ここが尿道口で、アタマのツルツルしたところが亀頭……たしか、この段差のところが気持ちいいんだわ」

指先で敏感なくびれ部分をなぞり、包皮の繋ぎ目をくすぐる。健太郎が切なげな声をあげ、腰をカクカクと上下させたことで、事前学習のとおりだと満足したらしい。自信も得たのか、円香の男性器研究は遠慮がなくなった。

「やっぱり感じてる。あ、カウパー腺液も出てきたわ」

早くも溢れ出た先汁を指でちょんと突き、亀頭粘膜に塗り広げる。そこに温かな息が吹きかかるのは、顔を近づけている証拠だろう。

「本当にヌルヌルしてる。神秘的だわ」

持ち主たる本人でさえ、ガマン汁を神秘的だなんて感じたことは一度もない。これも経験のない処女ゆえの感想なのか。

「ええと、このフクロが陰嚢で、中のふたつのタマが睾丸……あ、すごい。ひとりでに動いてる」

彼女は牡の急所も熱心に観察した。乱暴にしてはいけないとわかっているらしく、触れ方は優しくて遠慮がちだ。おかげでくすぐったいような快感を与えられる。

（ああ、もう……）

健太郎は次第に焦れてきた。

柔らかな指があちこちに触れ、たしかに気持ちよかったのである。しかし、それはあくまでも探求であって、愛撫ではない。もっとしてほしいと思っても、興味の対象がすぐ他に移るものだから、ほとんどナマ殺し状態にあった。

とは言え、相手は何も経験がない処女である。さすがにしごいてくれなんて頼めなかった。

「あの、ちょっと質問してもいいですか？」

「え、なに？」

「性器の毛を剃っているのは、精子のためなんですか？」

いきなりだったためもあって質問の意図が摑めず、健太郎は答えられなかった。するとと、円香が自ら説明する。

「精子は熱に弱いんですよね？　男性が高熱を出すと無精子症になるなんて話を聞いたことがあります。あと、陰嚢にシワが多いのもエンジンのラジエーターと同じで、睾丸を冷やすためだって。だから、毛を剃っているのは、少しでも熱がこもらないようにするためなのかと思ったんです」

毛皮じゃないのだから、陰毛があるぐらいで玉袋が暖まるとは思えない。もっとも、騙されて剃られたなんて話しても、納得させるのに時間がかかる。

「実はそうなんだよ」

健太郎は彼女の推測に乗ることにした。

「わあ、やっぱり」

嬉しそうな声。案外素直で可愛らしいところがあるようだ。

と、少し間をおいてから、今度は遠慮がちなお願いがあった。

「あの、我が儘を言って恐縮なんですけど、精液が出るところも見せていただけませんか？」

それこそ射精したくてたまらなくなっていた健太郎は、一も二もなく承知した。

「いいよ。お安い御用だ」

「よかった。それじゃ、見てるので出してください」

「え？」

まさかセルフサービスを求められるとは思ってもみなかったから、健太郎は唖然となった。

（つまり、オナニーをしろってことか？）

男性器を愛撫した経験がないのだから、自分には無理だと初手から決めつけているのだろう。

かなり高まっていたから、最悪自分の手でもかまわないところではある。だが、せっかく手近に柔らかくて気持ちのいい手があるのだ。協力してもらわない手はない。

どうすればいいかと考えて、すぐに妙案が閃く。

「うーん、自分で出すのは、ちょっと難しいんだ」

「え、どうしてですか？」

「ほら、頭を固定されてるだろ。これだと気分的にどうも乗らないんだ。それこそ首根っこを摑まれているみたいだから、手を使うのが億劫なんだよ」

「そうなんですか……」

「だから、いちおうどうすればいいのかやって見せるから、あとは中川さんが引き継いで、最後までしてくれるとありがたいんだけど」

「わたしがですか？　そんなことできるかしら……」

「できるさ。どこが感じるのかもよく知っていたから、コツなんてすぐに摑めると思うよ」

「……わかりました。やってみます」

「じゃ、見てて」

健太郎は右手で猛る分身を握った。途端に、快さが体幹を貫く。

「むふぅ」

太い鼻息がこぼれる。そのまま猛然としごきたい情動にもかられたものの、ここは我慢のしどころと懸命に堪えた。

「こんなふうに握って、外側の皮で中の芯を磨くみたいに上下させればいいんだよ」

ゆっくりした動作でペニスの愛撫方法をレクチャーする。円香は特に相槌《あいづち》など打たなかったが、その行為をじっと見つめているのは間違いない。

(ああ、見られてる……)

異性に観察されてのオナニーは、肛門科医師の孫娘に命じられて以来だ。頭を固定され、上半身を機械の中に入れられた不自由な状態なのに、あのときよりも気持ちがいい。それはきっと、無垢な処女の視線を浴びているからだ。

「注意してほしいのは、この段差のところ。ここに包皮を引っかけると痛いから、皮はなるべくゆとりがあるように握って。ただ、唾とか垂らしてくれるのなら、アタマのところを直にこすってもいいからね」

それとなく唾液の潤滑をおねだりすると、円香は素直に「わかりました」と答えた。

「それじゃ、もういいかな。やってみて」

「はい」

健太郎が右手を外すと、代わってしなやかな指が巻きつく。さっきよりも握り方がおっかなびっくりという感じなのは、愛撫して射精させるという使命にプレッシャーを感じているからか。

それでも、処女の手がゆっくりと上下しだす。武骨な牡器官を握った、柔らかくてちんまりしたものが。

「これでいいんですか？」

不安げな問いかけに、

「うん。とてもじょうずだよ」

と励ます。すると、何も見えないのに、彼女がほほ笑んだのがわかった。ペニスを握る手から、それが伝わってきたのだ。

円香は教わったとおりに、包皮をリズミカルに上下させる。溢れる先走りが巻き込まれ、クチュクチュと湿った音をたてた。

「あん、こんなに……」

つぶやきが聞こえる。とめどなく湧出する透明な液体に驚いているようだ。

そして、そこに別の液体が混ぜられる。

（あ――）

温かくトロッとしたものが亀頭粘膜に滴り落ちる。処女が清涼な唾液を垂らしたのだ。それが敏感な頭部に塗り広げられる。

「あ、あ、それいいよ」

悦びをストレートに訴えると、今度は指の輪がくびれを中心に上下する。粘っこい潤滑液を用いて、段差部分をくちくちとこすり上げた。

「ああ、気持ちいい。最高だ。ね、陰嚢もさわってくれない？」

「え、どうしてですか？」

「そこも優しく撫でられると気持ちいいんだ。きっと早く射精するよ」

肉棒をしごきながら、穢《けが》れなき指が牡の急所も愛撫する。すりすりと愛おしむようにさすられ、性感曲線の角度が上向いた。

「ああ、あ、気持ちいい。もうすぐだよ」

浮かせた腰を震わせて告げると、手の動きが速くなる。男の反応から、そうすべきだと無意識に判断したのだろう。

「あああ、出るよ、出る……ううう、い、いく――」

全身がバラバラになりそうな愉悦にまみれ、牡の精をビュッと噴きあげる。

「キャッ」

悲鳴があがる。宙に舞った白濁液に驚いたのだろう。円香がペニスから手を離してしまった。

（あ、まずい）

健太郎は慌てて自らの手で握ると、歓喜にうち震える分身を猛然としごいた。逃げそうになっていたオルガスムスがぶり返し、さらなる欲望エキスをびゅるびゅると放ち続ける。

「うはっ、あ――あうう」

めくるめく悦びに、下半身がわななく。ありったけの牡汁をほとばしらせてから、健太郎はぐったりして手足をのばした。

「すごい……これが射精――」

処女のつぶやきが、耳に遠かった。

4

あちこちに飛び散ったザーメンは、円香がきちんと後始末をしてくれたようである。

「あの……ごめんなさい」

唐突に謝られ、オルガスムスの余韻にひたっていた健太郎は「え?」と訊き返した。

「手を離したらいけなかったんですね。わたし、勢いよく出たからびっくりしてしまって、つい……」

申し訳なさそうに言われ、そのことかと健太郎は納得した。

「男は出ているときにしごかれるのが、いちばん気持ちいいんだ。今度から気をつけるといいよ」

偉ぶったアドバイスにも、彼女は素直に「そうなんですか……わかりました」と答えた。

そのとき、検査室の電話が鳴る。円香はすぐそちらに駆け寄った。

「はい、MRI検査室です……はい……はい……そうですか」

安心したとも、落胆したとも取れる受け答え。機械の修理に関することだろう。

電話を切り、円香が戻ってくる。

「すみません。メーカーの技術者さん、他の病院の修理もあって、こちらに来るのは一時間後ぐらいになりそうなんです」

まだそんなにかかるのかと、健太郎はげっそりした。

（つまり、他の病院のやつも故障したってことなんだな。もう、このメーカーのMRIは買わないほうがいいぞ）

思ったものの、いったいMRIなど、何社ほどの医療機器メーカーが製作しているのか、健太郎は知らない。もしかしたら選択の余地がないのかもしれなかった。

ともあれ、あと一時間も動けないとはつらい。

「すみません、本当に」

円香も謝ったが、彼女のせいではないから責めるわけにはいかない。「いや、仕方ないよ」と、強がって鷹揚な態度を見せる。

「それで、あの、だからってていうわけでもないんですけど……もうひとつやってみたいことがあるんです」

「え、なに？」

「フェラチオをしてみたいんです」

処女の口から直球の言葉が飛び出したものだから、大いに驚く。手で射精させることを学んだから、今度は口も使ってみたいということか。毒を喰らわば皿まで、サオを咥えりゃタマまでといった心境なのか。

「あの……どういうことをするのか、わかってて言ってるんだよね？」

いちおう確認すると、

「はい。ペニスを口に入れて、舐めたり吸ったりしゃぶったりすることです」

と、これまた真っ正直な答えが返ってきた。

射精を遂げた分身は縮こまり、力なく垂れ下がっている。ところが、あられもないやりとりで、そこがピクリと目を覚ました。

とは言え、さすがにすぐ凛然《りんぜん》となることはない。あくまでも片目を開けたという程度だ。

ただ、欲望のほうは瞬時に大きくなった。

「まあ、中川さんがしたいのなら、好きにしていいけど」

「よかった。ありがとうございます」

礼が述べられるなり、軟らかくなった秘茎が摘ままれる。それが間を置かずに温かく濡れたところに入り込んだ。

「うううっ」

健太郎はたまらず呻いた。射精後で過敏になっている亀頭をピチャピチャと舐め転がされ、むず痒さの強い快感におかしくなりそうだったのだ。

ただ、おかげで血液が海綿体に舞い戻る。それも、かなりの勢いで。

「んっ——ケホッ」

喉を突かれたのか、円香が咳き込んで勃起を吐き出す。それでも、唾液で濡れたものをしごき、硬くなったのを見極めてから、再び口中へ収めた。

「ンふ……」

鼻息をこぼしつつ、ふくらみさった先端をてろてろと舐める。慣れていないから持て余しているふうでありながらも、陰嚢にそっと手を添えてさする。教わったことは忘れていないようだ。

（ああ、気持ちいい）

健太郎はうっとりしてからだをのばした。手足の隅々まで快さが行き渡る。

穢《けが》れなき処女に口淫奉仕をしてもらうことに、罪悪感を覚えないではなかった。

けれど、求めたのは彼女のほうなのである。

ここまで積極的になれるのは、早く男を知りたいと思っているからだろう。二十代の半ばという年ならば当然のこと。これはその手助けなのだ。

自らに言い訳して、分身を這い回る舌の感触を堪能する。下半身はまったく見えないから、頼りになるのは触感のみ。それゆえに感覚が研ぎ澄まされているようだった。

「あ、それが気持ちいい」

舌先が段差部分をチロチロと舐め上げ、健太郎は下肢を震わせた。すると、円香がよりねちっこくねぶってくれる。滲み出るカウパー腺液も、チュパッと音を立ててすすった。

(キンタマも舐めてくれないかな)

和佳奈にされたのを思い出し、密かに望む。すると、肉棹から口をはずした円香が、本当に陰嚢を舐めてくれた。願えば叶うものなのか。これぞ以心伝心。いや、以心伝舌。

ねろっ、てろっ、ねろり——。

舐め方は和佳奈と異なっている。こちらは中の睾丸を、舌で弄んでいるふうだ。もちろん、これはこれで気持ちいい。

(タマにも興味がありそうだな)

牡の急所であり、あるいは指でいじって痛くしたら大変だと思って、口を使うことを考えたのかもしれない。フクロごと口に含み、しゃぶることまでしてくれた。

そうやって嚢袋を味わってから、再び肉棒に戻る。鈴割れに溜まっていた先汁をチュウッと吸い、今度は筋張った肉胴を下から上へと舐め上げた。それも、舌先を左右にチロチロと震わせながら。

「あ、あ、ああッ」

処女とは思えない技巧に、たまらず声をあげてしまう。頭を固定された状態で身をくねらせるから、首を痛めてしまいそうだ。

(本当に初めてなのか?)

もっとも、自らしゃぶりたいと申し出たのだ。事前にあれこれ研究していたに違いない。女性雑誌には、そういうテクニックが図解入りで説明されているなんて聞いたこともあるから。

ただ、もっと露骨な、アダルトビデオなどで学んだ可能性もある。

ぢゅ、ぢゅぽ——。

卑猥なフェラ音が聞こえてくる。口をすぼめて頭を上下に振り、唇でペニスをしごいているのだ。それも、舌をねっとりと絡みつけて。

「う——むうう、あッ」

どうしようもなく悦びの声が洩れる。口内に溜まった唾液とカウパー腺液の混濁がじゅるッとすすられるたびに、目の奥に火花が散った。

（あ、ヤバい）

またも終末が迫ってくる。処女を相手にこんなに早くイッてしまうなんて、いくらなんでもみっともない。

健太郎は奥歯を嚙み締め、募る射精欲求をどうにか封じ込めようとした。ところが、彼女が肉根をしゃぶりながら陰嚢をすりすりと撫でたことで、忍耐がなきものにされる。

「そんなにしたらイッちゃうよ」

忠告しても、フェラチオは止まらない。むしろいっそう強く吸いたてられる。射精に導こうとしているのは明らかだ。おそらく頰を窪ませたいやらしいフェラ顔で、熱心に吸茎しているのだろう。

（ひょっとして、口の中に出させるつもりなのか？）

いや、さすがにそれは酷だろうと、健太郎は念を押した。

「本当に出ちゃうよ。ううう、も、もうすぐ」

切羽詰まっていることを訴えても、円香は口をはずさなかった。

（だったらいいや……）

後は野となれだと、悦楽の流れに身を委ねる。間もなく最高潮を迎えた。

「あ、あ、いくよ、出るよ」

声を震わせて告げたところで、頭の中が真っ白になる。

「あう、ううっ、むふぅうう」

健太郎は息を荒ぶらせて、情熱の滾《たぎ》りを放った。

口内発射されても、円香は怯まなかった。そのまま頭を振り続け、脈打つ筒肉をキュッとすぼめた唇でこする。しかも、放精にあわせて吸引しながら。

おかげで、健太郎は魂まで抜かれそうな深い悦びを得て、胸を大きく上下させた。

(最高だ……)

おそらく、このまま頭の断面を撮影されたら、脳がピンク色に染まっているだろう。それにしても、ＭＲＩに頭を突っ込んだままフェラチオをされ、射精に導かれたのなんて、自分が人類初ではないか。

などと、少しも誇れない偉業を成し遂げた感慨にもひたっていると、萎えかけた分身から口がはずされる。

「ふう」

円香が大きく息をつく。ザーメンを吐き出した気配はなかった。

（え、飲んだのか？）

　驚いて固まっていると、ペニスが優しく拭われる。亀頭粘膜をこすられ、駄目押しの快感に腰がブルッと震えた。

「あの……飲んだの？」

　恐る恐る訊ねると、彼女は「はい」と答えた。

「え、どうして!?」

「どうしてって……出ているときにこすられるのがいちばん気持ちいいって、さっき教えていただいたから」

　言われて、あっと思う。途中で手を離したのを気にかけて、今度は同じ失敗をしまいと、ずっと咥えたままでいたのか。口をはずして手で引き継ぐというやり方も、生真面目な処女ゆえに浮かばなかったらしい。

「それに、飲んでみたかったんです。さっき、ヌルヌルした感触とか、不思議な匂いがすることはわかったんですけど、味はどうなんだろうって思いましたから」

「そう……で、どうだったの？」

「味ですか？　んー、夢中だったから、よく憶えてないんですけど、あったかくてドロドロしてて、なんか、甘いような苦いような、ちょっと他にない感じでした。あ、でも、お醤油をかける前のトロロに似てたかもしれません」

自身の体内から出たものの詳細な感想を聞かされ、健太郎は耳が熱くなった。同時に、そんな微妙なものをよく飲んでくれたと、感謝の思いもこみ上げる。

精液まで飲んで、さすがに満足したらしい。円香は病院着のズボンを元に戻してくれた。

そのあとは退屈しなかった。二度も射精に導かれたことで親密な雰囲気になり、彼女とあれこれおしゃべりできたからだ。

予想したとおり、円香はずっと勉強ひと筋で、異性を寄せつけなかったらしい。ただ、セックスに関する好奇心も強く、雑誌から専門書から手当たり次第読んで、知識を深めてきたそうだ。

「だから、わたしは耳年増なんです」

「いや、知識があるのはいいことだよ。少なくとも、知らないよりは何十倍もいいに決まってる」

「そうでしょうか……」

「ただ、中川さんは充分に可愛いから、オシャレをしてもうちょっと打ち解けやすくなれば、男がたくさん寄ってくると思うけど」

「わ、わたしなんて、そんな――」

　顔は見えないけれど、彼女が照れまくっているのがわかる。

「わたし……男のひとが苦手なんです。今日も犬崎さんに説明するとき、すごく緊張していたんですから。目を見られるだけで逃げ出したくなるんです」

　最初に見せたクールな振る舞いは、緊張の裏返しだったのか。そのわりに、いざペニスを目にしたら大胆になれたのは、健太郎の顔が見えなかったからだろう。

「じゃあ、付き合いたい男性には、目隠しをしてもらうとか」

「何なんですか、それ？」

「それで、さっきみたいにペニスを手で愛撫されたり、フェラチオまでされたりしたら、男はいっぺんでメロメロになっちゃうよ」

「やあだ」

　そんな露骨なやりとりまでしていると、検査室の電話が鳴る。ようやく技術者がやってきたのか。

　ところが、電話で話してから戻ってきた円香が、また「すみません」と謝る。

「前のところの修理に手間取っていて、技術者のひとが来るのに、まだ時間がかかるみたいなんです」

さっきまでなら大いに落胆したところである。けれど、円香と長く一緒にいられるわけであり、今はそれもいいかという心境であった。

「ああ、かまわないよ。気長に待つさ」

健太郎が答えると、

「あの、だったら――」

ズボンの股間に手が被せられる。快さがじんわりと広がった。

「ここ……また舐めてもいいですか？」

大胆なお願いに、健太郎は背すじがゾクッとするのを覚えた。

「まあ、それはかまわないけど。でも、さっきたくさん出たから、もう精液は出ないかもしれないよ。それに、勃つかどうかもわからないし」

「ああ、それはかまいません。ただ、わたしが気分を高めたいだけなんです」

「え、どういうこと？」

「……犬崎さんのペニスをおしゃぶりしたら、わたし、すごく濡れちゃったんです。ううん、その前に、手でしごいたときから」

露骨な打ち明け話に、心臓が狂おしいほど高鳴る。手が軽く乗っているだけの分身も、わずかにふくらんだようだ。

「だから、さっきからずっとムズムズしてて、とても切ないんです。だから、オナニーをさせていただけたらと思って」

要するに、男のモノをしゃぶって気分を高めつつ、自らをまさぐると言うのか。その場面を想像するだけで、頭がクラクラするようだった。

(男の顔が見えないと、すごく大胆になれるんだな)

あきれ返るのを通り越して、感動すら覚えた。もちろん、拒むつもりはない。

「そういうことならべつにかまわないけど……だったら、おれのお願いも聞いてくれる?」

「はい、何ですか?」

「中川さんの濡れてるところ、さわらせてほしいんだけど」

「いいですよ」

意外にも、円香はあっさりと受け入れた。自分がさんざん好きなようにしたのだから、相手にも好きにさせてあげるべきだと思ったのか。

いや、そうではなく、実はさわってほしかったに違いない。脇に寄った彼女に手を取られ、その部分に導かれるなり確信する。いつの間に脱いだのか、下着すら穿いていなかった。

（うわ、すごい）

細い秘毛が指に絡む。その奥にある肉の裂け目は、ヌルヌルした液体にまみれていた。それこそ、摑み所がないぐらいに。

無意識にまさぐってしまうと、大胆な処女が「あん」と艶めいた声をあげる。指がたちまちぬるい蜜にまみれた。

「本当だ。すごく濡れてる」

「で、でしょう？　わたし、もう我慢できないんです」

「だったら、おれが手伝ってあげるよ」

敏感な肉芽が隠れているであろうところを探り、指の腹でこする。処女膜を傷つけてはいけないから、深みまで指を沈めないよう注意して。

「くぅうーン」

円香が子犬みたいに甲高い声で啼《な》いた。

「ここが気持ちいいんだね？」

「は、はい。ああ、もう」

彼女は再び入院着のズボンをペリリと剝がすと、あらわになった牡器官を握った。三割ほどにふくらみかけていたそれが、穢れない指で捉えられることでたちまち力を漲らせる。

「あん、すごい……大きくなった」

泣きそうな声でつぶやき、悩ましげな指づかいで屹立をしごく。もう一方の手を添え、陰嚢もさすった。

このまま相互愛撫を続ければいいのではないか。健太郎はふと思った。オナニーよりも、そのほうが気持ちよさそうであるし。

しかし、円香はそれでは満足できなかったらしい。

「これ、挿れてもいいですか？」

「え？」

「ちょ、ちょっと待っていてください」

ペニスを離した彼女が、そばから離れる。温かな湯蜜に溺れていた健太郎の指が、外気に触れてひんやりした。

（挿れるって……まさか、セックスするつもりなのか？）

いや、バージンの身で、さすがにそこまではしまい。思ったものの、どうやら円香は踏み台なり椅子なりを持ってきたらしい。それを寝台の脇に置いて片足を乗せ、健太郎の腰に跨がってきた。

膝に手を突いたから、こちらにおしりを向けているようだ。たしかにこれなら結合は可能だろうが、いくらなんでも初体験の場所がＭＲＩの上とはいかがなものか。

しかし、彼女はすでに覚悟を決めているらしい。柔らかな内腿が、腰の両側に触れていた。すでに下半身をすべて脱いでしまったようだ。

屹立がしなやかな指で捉えられる。上向きにされた尖端に濡れた温かなものが触れた。淫らな蜜を溢れさせる。処女の泉だ。

（ああ、熱い）

粘膜同士の接触が、情欲の火照りを行き交わせる。円香ははち切れそうにふくらんだ頭部で、恥割れをクチュクチュとかき回した。

「くうう、あ、いやぁ」

切なげな声。内腿がピクピクと痙攣しているのがわかる。

亀頭に蜜汁をたっぷりとまぶしてから、彼女は決意を込めた口調で告げた。

「これ、わたしに貸してください」

ちゃんと返すつもりでいるあたりが真面目であり、律儀だ。それにしても、会って間もない男に処女を与えるなんて。

（やっぱり、早く体験したかったんだな）

そんな推察が頭をかすめるなり、ペニスに重みがかかる。濡れた粘膜にめり込んですぐ、関門にぶつかった。狭まりが、これ以上は無理というふうに軋《きし》んでいる。

にもかかわらず、円香は一気に腰を沈めた。

「あああああッ」

悲鳴があがる。たっぷりと潤滑されていたから、挿入は比較的スムーズだったものの、まったく痛みがないわけではあるまい。腰の上に座り込むなり、彼女はハッハッと呼吸をはずませた。

一方、健太郎のほうは強烈な締めつけを浴びていた。

（うう、キツい）

特に入り口部分がキュウキュウと締まっている。それだけで絶頂に導かれそうであった。

だが、自分のことはどうでもいい。

「だいじょうぶ？」

気遣うと、少し間を置いて「だいじょうぶです」と答える。しかし、かなりつらそうだ。見えなくてもそう感じるということは、かなりの苦痛を味わっているのではないか。

（こんなかたちで初体験を迎えて、よかったんだろうか）

もっとも、今さら悔やんだところで、破れた処女膜は戻らない。

しばらくすると、苦痛も和らいだようだ。円香のからだから緊張が抜け、大きく息をついたのがわかる。いくらか楽になれたのではないか。

「だいじょうぶかい？」

もう一度声をかけると、「はい、おかげ様で」といくらか明るい答えが返ってきた。こちらに気を遣わせぬよう、無理をしているんじゃないかと心配すれば、

「わたし、これで女になったんですね」

と、感慨深げな声が聞こえる。

（後悔してないみたいだな。よかった……）

健太郎も安堵した。

「あの、犬崎さん？」

「え、なに？」

「わたし、これから動きますから、精液を出したくなったら、いつでも中に出してくださいね」

健気な言葉が告げられ、ヒップがそろそろと持ちあげられる。けれど、すぐに力尽きたみたいに座り込んだ。

「あふっ」

膣奥を突かれた女体がわななないたのがわかる。無理をしなくてもいいと言いたかったが、こちらは完全な受け身なのだ。すべては彼女に任せるより他ない。

おっかなびっくりだった上下運動が、やがてリズミカルになる。柔らかな媚肉に屹立を余すところなくこすられ、健太郎は呻いた。

「あ、あ、あ――」

円香も声をはずませる。そこには色めいた響きがあった。

「ああ、こ、これ……気持ちいいかもぉ」

とうとうあられもないことを口走る。経験はなかったものの、肉体は相応に成熟していたらしい。

(というより、もともと素質があったのかも)

だから初めてでも感じるのではないか。だとすれば、好奇心のままにペニスを弄んだのも、彼女にとっては必然だったと言えよう。

ギ……ミシッ――。

最新式の機械が不気味な軋みをたてる。故障がますますひどくなるのではと考えると、気が気ではなかった。

（ひょっとして、他の病院でも故障したのは、こんなふうにセックスしたからじゃないのか？）

ありえないことを考えつつも、健太郎は次第に高まっていった。

第五章　奥まで覗いて……

1

その日の深夜すぎ、勤務を終えた和佳奈が病室に来てくれた。

「どうしたの？　元気ないじゃない」

不満げに口を尖らせたのは、いくらしゃぶってもペニスがぐんにゃりと軟らかなままだったからだ。

「いや、疲れちゃったんだよ。ＭＲＩが故障して、検査に何時間もかかったから」

まさか、ＭＲＩ担当の円香を相手に三回も射精したからだなんて、言えるはずがなかった。

「それに、明日の検査のことも心配だし、なかなかそういう気分になれないんだ」

「まあ、たしかにそうかもしれないけど……」

和佳奈も、無理はないと同情してくれたようだ。

明日は大腸の内視鏡検査である。要は肛門からカメラを挿れられるわけだ。検査そのものも憂鬱だったが、その前からあれこれ脅されたことも、健太郎の気を重くさせていた。

検査には同意書が必要だということで、今日の夕方、何枚かにサインさせられた。検査内容を事細かに説明した長い文章だけでも閉口したのに、まれに事故があって腸壁を傷つける場合があるという文言には、かなりびびらされた。

もちろん、事故があっても病院側は関知しないというわけではなく、あくまでも事前に周知徹底したいということなのだろう。しかし、同意したのだから文句を言うなと突き放される気がして、あまりいい気分ではなかった。

さらに、万が一ポリープが見つかった場合、内視鏡にはその機能もあるから、特に影響ないものは切除を許可することへの同意書もあった。余計なものはさっさと取り除いてもらいたいからサインしたものの、これもまれに出血することがあるという脅し文句が入っていた。しかも、まれに命に関わる場合があるとも。

こうもまれにまれにと強調されると、じゃあ滅多に起こらないんじゃないかと安心する半面、だけど確率はゼロじゃないんだなと穿《うが》った見方もしてしまう。だいたい、本当に命を落としてしまったら、あの世にいる自分はもう文句を言えないのだ。

また、事前に多量の水——ただの飲料水ではなく、下剤効果のあるものらしい——を飲み、腸内のものをすっかり排出して綺麗にするとのこと。そこまでしなくてはならないのかとげっそりしたのに加えて、またもまれに気分が悪くなる者がいるからと、同意書にサインさせられた。聞けば数リットルも飲まねばならないとのことで、そりゃ気分が悪くなるだろうと納得する。

もちろん、一度に飲むわけではない。そんなことをしたら胃が破裂してしまう。時間を置いて、五百ミリリットルだか一リットルずつだかを飲むとのことであった。

そのため、今夜は早めの夕食後から飲食禁止である。夜の空腹には慣れたつもりでも、明日は水をがぶ飲みし、さらに尻の穴からカメラを突っ込まれるのだ。早くも嫌気がさしているぶん、空きっ腹が身に沁みる。

だから、和佳奈と快楽を貪り、オルガスムスの余韻にひたって穏やかな眠りに就きたいのに、肝腎のペニスが役立たずでは話にならない。

（ちょっと調子に乗りすぎたかな……）

まあ、調子に乗っていたのは円香のほうとも言えるが。何しろ、あんな状況で処女まで捨てたのだから。

と、何か閃いたふうに口許をほころばせた和佳奈が、ベッドにあがってくる。

「ねえ、また足の匂いを嗅いだら、大きくなるんじゃない？」

「え？　うーん、どうだろ……」

「ものは試しよ」

昨夜はあんなに嫌がり、怒っていたのに、ここまで変わるとは。勃起させるためならなんでもする心づもりなのかもしれない。

とは言え、ベッドを斜めに起こした健太郎と向かい合い、股のあいだに尻を据えてストッキングの爪先を与えようとした彼女は、寸前で躊躇した。

「あ、だけど、今夜はけっこう忙しかったから、昨日よりも匂うわよ、きっと」

恥じらいを浮かべて告げられ、健太郎は俄然その気になった。

「いや、そのほうがおれはうれしいかな」

臆面もなく答えれば、「ヘンタイ」と睨まれる。それでも、ちゃんと足を与えてくれるのだからいいひとだ。

忙しかったのは確からしい。ストッキングの足の裏は、爪先と踵が黒ずんでいた。鼻を寄せなくても、親しみのある甘酸っぱい匂いが感じられる。

（ああ、たまらない）

健太郎は美人ナースの足をぐいと引き寄せると、鼻先に押し当てた。それも、最も匂いの強い、足指の付け根あたりを。

「やん、もう」

不平をこぼされたのもかまわず、蒸れた臭気を肺一杯に吸い込む。

「むおぉ」

頭を殴られたみたいな衝撃がある。決して不快ではなく、うっとりせずにいられない甘美な衝撃だ。

（こんな匂いをさせてるなんて……）

汗と脂の混じったフレグランスは、昨夜と同じである。それが煮詰められたみたいに濃くなっていた。また、若干汗の酸っぱみが強い。輪郭がくっきりしているぶん、より好ましい。

そして、困惑げにこちらを見つめる和佳奈の愛らしい面立ちを見ながら、本人の暴かれたくないところを嗅ぐことで、より昂奮するのである。

「ああ、素敵だよ、君嶋さんの匂い」

感動を込めて告げても、彼女は眉間のシワを深くするばかりだった。

「そんなところを褒められても、うれしくないわよ」

それでいて、くすぐったそうに足指をグーのかたちにするのがいじらしい。白衣の裾がめくれて、白いナイロン越しにパンティを見せているのも昨日と同じ。今夜は紫色のようだ。

そのとき、和佳奈がやけに厳しい表情を見せたものだから、本気で叱られるのかと健太郎はドキッとした。しかし、そうではなかった。

「ね、こんなことまでしてるのに、苗字で呼ぶなんて他人行儀じゃない？」

唐突な疑問にきょとんとする。けれど、ちょっと考えて、たしかにそのとおりかと思う。

「そうだね。じゃ、和佳奈ちゃんって呼んでもいい？」

ところが、この提案に彼女はなぜだか狼狽した。嫌だったのかと思えば、

「な、なんか、いきなりだと照れくさい」

頬を赤らめて俯く。それこそ、足の匂いまで嗅がれているのに、呼び方ぐらいで恥ずかしがるなんて。

（こういうところが可愛いんだよな）

愛しくて、それゆえ意地悪をしたくなる。と、健太郎は、もうひとつしたかったことがあるのを思い出した。

「ねえ、和佳奈ちゃんのここ、舐めてもいい？」

熱い鼻息で爪先を蒸らしながら了解を求めると。和佳奈が怪訝《けげん》そうに眉根を寄せた。

「舐めるって、爪先を？」

「うん」

これには、何か言う気力もなくしたらしい。彼女はやれやれというふうにため息をついた。

「ったく……お好きにどうぞ」

「ストッキング、破ってもいいかな」

「いいわよ。腿のところが伝線してるし、どうせ捨てるつもりだったから」

好意に甘えて、土踏まずあたりからピリリと破る。爪先部分をめくってあらわにし、今度はナマ足を嗅いだ。

「ああ、いい匂いだよ」

「ったく……そんなくさいのが、どうして好きなのかしら」

当てつけるようなつぶやきも気にせず、発酵した大豆食品に近くなったパフュームを愉しむ。こんなことを言ったら和佳奈は気を悪くするかもしれないが、秘部の媚臭と共通する成分があった。同じ人間が発するものだから、当然なのかもしれない。

おかげで、ますます味わいたくなる。

まずは親指を口に含む。途端に、彼女が「ひっ」と声を吸い込み、反射的に足を引っ込めようとした。くすぐったかったのだろう。

それにもかまわず、足首をしっかり捕まえておいて、舌をまといつかせる。にゅるにゅると蛇のごとく動かし、親指全体をしゃぶった。

「あ――くうう、くすぐったいー」

和佳奈が顔をしかめて足指を握り込む。縦横に動く舌を捕まえようとしたようだが、ヌルヌルして摑めない。

そのため、指の股まで丹念にねぶられてしまう。

（ああ、美味しい）

健太郎は嬉々として麗しいナースの爪先を味わった。ほんのりしょっぱいだけのでも、それはとても貴重なテイストだ。なぜなら、彼女が仕事を頑張った証しなのだから。

ただ、しゃぶられるほうはうっとりとしていられなかったらしい。正直な匂いばかりか味まで知られた羞恥と、くすぐったさに耐えねばならなかったのだから。うーうーと唸り、喘ぎ、ほんの一時もじっとしていなかった。

そうして、五本の指をすべて舐め尽くす頃には、和佳奈はぐったりして身を横たえてしまった。もう一方の足を要求すると、気怠そうにしながらも与えてくれたが、反応はほとんどない。喘ぎすぎて疲労困憊《ひろうこんぱい》の体であった。

おかげで、遠慮なく匂いと味を愉しむことができた。

（あれ？）

途中、はしたなく晒された白衣の内側を確認すれば、白いパンストに透ける紫色のクロッチに、いびつなかたちの濡れジミが浮かんでいた。くすぐったくて少量のオシッコを漏らしたのかと思えば、どうも違うようだ。

（爪先を舐められて感じたのかな？）

それとも、くすぐったいのが強すぎて、性的な快感を得たのと同じような反応が肉体に生じたのか。こうなると、そちらも確認したくなる。

足指ねぶりを早々に切り上げ、健太郎はベッドを平らに戻すと、和佳奈の下半身を抱き寄せた。両脚を掲げさせ、そのまま頭のほうに折りたたんで、白衣のまま破廉恥なまんぐり返しポーズをとらせる。

「ううう」

からだが柔軟なようで、彼女はほとんど苦しがっていない。面倒くさそうに顔をしかめて呻いただけ。まだ倦怠感から抜け出せていないようだ。

仕事終わりで、もともと疲れていたせいもあるのだろう。ヒップが上向きになって、パンストの股間を大胆に晒しているのに、羞恥も感じていないらしい。

(うう、いやらしい)

美人看護師のまんぐり返しというだけでも、かなり卑猥な眺めなのである。おまけに、白いナイロンに透けるパンティは、蜜ジミを浮かびあがらせている。そこから蒸れた秘臭がたち昇っているのにも、劣情が高められた。

縫い目が葉っぱのかたちをこしらえるパンストのクロッチに、健太郎はむしゃぶりつくように顔を埋めた。熟成された濃厚なチーズ臭が、鼻奥をむんと刺激する。

(やっぱり濡らしてたんだ)

オシッコの残り香もわずかにあるけれど、シミのところにあるのはなまめかしい女の匂いだ。これは尿ではない。

もっと媚臭を堪能したくて、健太郎は鼻の頭を陰部にめり込ませると、ぐにぐにと抉った。

「ああ、いやぁ」

和佳奈が力のない声を洩らす。抵抗する気力もないらしい。

ならばと、パンストとパンティをまとめて、おしりのほうからつるりと剝く。アヌスから恥割れまであらわになるなり、濃密な女陰臭がむわっとたち昇った。それこそ、湯気の立つ鍋の蓋を開けたときみたいに。

すでに目にしたことのある無毛の秘苑も、ポーズがあられもないからやけに新鮮に映る。ほころんだ牝唇は濡れた粘膜を狭間に覗かせ、ところどころに白いカス状のものを付着させていた。

次はこっちの味だとばかりに、美味しそうな割れ饅頭に口をつける。

「きゃふッ」

敏感なところに舌を這わされ、彼女は甲高い声をあげた。溜まっていた恥蜜をすすられ、付着していた味も匂いもすべてこそげ落とされるほどにねぶられると、さすがにじっとしていられなくなったよう。

「いやあ、あ――くふふぅぅう」

苦しげに身をよじり、恥唇をきゅむきゅむとすぼめる。

健太郎はピンク色の可憐なツボミ――アヌスも丹念に舐め回した。最初にしたときのようには嫌がらず、どこか心地よさげにヒクヒクと収縮させるものだから、舌づかいにも熱が入る。

(感じるようになったのかな？)

もっとも、尖らせた舌先を放射状のシワの中心に侵入させようとすると、括約筋を目一杯締めつけて抵抗した。

「も、バカぁ、ヘンタイ、アナルフェチ」

なじる声音に、甘えた色合いが感じられる。そちらはほどほどにして、敏感な秘核を吸ってあげると、気持ちよさげに上向きのヒップをピクピクさせた。

「あん……そこ、すごく感じる」

声を震わせて告げるのがいじらしい。

途中、和佳奈は不自由な姿勢ながら手をのばし、健太郎の股間をまさぐった。

牡のシンボルは、すでに隆々といきり立っている。

「もう、こんなに硬くしちゃって」

手指をニギニギさせ、快さを与えてくれる可愛いナース。

「和佳奈ちゃんの素敵な匂いをいっぱい嗅いだからだよ。あと、爪先もオマンコも美味しいから」

「もう……健太郎さんって、絶対にフェチだと思うわ。くさいものフェチ」

罵りながらも、眼差しは優しい。すべてを赦してくれる聖母のような、慈愛に満ちた微笑を浮かべていた。

「ていうか、和佳奈ちゃんフェチなんだよ」

気恥ずかしい台詞を、健太郎は言ってから照れくさくなった。彼女のほうも落ちつかなく目を泳がせ、開けっ広げなポーズに今さら羞恥を覚えたらしい。

「ね、この格好だとちょっと苦しいから、戻してくれない?」

「え? ああ……」

抑えていた下半身を解放すると、和佳奈はころんと横になってから身を起こした。腰を伸ばしてひと息つくと、すぐさまそそり立つペニスを握る。

「あんなにいろいろされたんだから、わたしにだって舐める権利があるわ」

言い訳じみたことを口にして身を屈め、屹立をすっぽりと頬張った。

ちゅぱッ――。

軽やかな舌鼓に腰の裏が震える。彼女のフェラチオがいちばん気持ちいいと、素直に感じられた。

肉棹全体に、丹念に唾液を塗り込めてから、和佳奈は顔をあげた。蕩りた眼差しで見つめてくる。

「ね、これ……挿れて」

愛らしいおねだりに、健太郎は「うん」とうなずいた。彼女を仰向けにさせると、膝に絡まっていたパンストとパンティを片脚だけ抜き、白衣も脱がせず慌ただしく身を重ねる。一刻も深く繋がりたい情動にかられていたのだ。

「……なんか、今夜はすごく乱れちゃいそう」

淫蕩に濡れた瞳で告げられ、背すじに甘美が走る。和佳奈が勃起を女芯に導くなり、健太郎は鼻息を荒くして押し入った。

2

翌日の木曜日は、朝から多量の水を飲み、催すとトイレに行く。それを何度も繰り返した。水溶液状だった便は、あとになるとほとんど透明になった。

（これでおれの消化器内は、すっかり綺麗になったわけか）

だが、特にすっきりした感じはない。トイレで何回も体内のものを排出したため、かなり疲れていた。

そして、出したところから、今度は内視鏡を突っ込まれるわけである。

（どうか事故なんて起きませんように）

祈りながら内視鏡検査室へ向かう。もっとも、憂鬱だったのは、中に入る前までだった。

「犬崎さんですね。本日、大腸の内視鏡検査を担当させていただきます、鈴本《すずもと》千《ち》恵《え》美《み》です」

にこやかに迎えてくれたのは、三十代前半と思しき白衣の女性だった。人なつっこい笑顔にも艶気が滲み出る彼女は、左手の薬指に銀色のリングが光っている。どうやら人妻のようだ。

（だから色っぽいんだな……）

明らかに年下なのに、甘えたくなるような包容力も感じられる。これなら安心して検査を受けられそうだ。

低いベッドの脇にある椅子に腰掛けた千恵美は、体型はごく標準であるが、腰のあたりが充実している。熟れたヒップは安産型のよう。むしろ自分が彼女のアヌスにあれこれ突っ込んで、検査したくなった。

などと、これからお世話になるひとに対して、不埒な願望を抱く。

千恵美の横には、モニターのついた機械があった。そこに繋がっているコード状のものが内視鏡なのだろう。そして、ベッドの枕がある側にもモニターがある。検査を受けるほうも、自身の腸内を確認できるようだ。

「腸の中は綺麗になりましたか？」

「ええ、はい。たぶん」

「最後におしりから出た水に、ウンチが混じっていたり、色がついていたりしませんでしたか？」

「いえ、ほとんど透明でした」

「それならだいじょうぶですね。では、こちらへ寝てください。横を向いて、からだを丸めるようにして」

「わかりました」

健太郎はベッドに横臥した。千恵美のほうに尻を向けて。

「では、失礼します」

入院着のズボンの後ろ側が、マジックテープのところでペリペリと剝がされる。尻がまる出しになり、さすがに落ち着かなくなった。

(パイパンにしてること、何か言われるかな……)

それも気になる。後ろからは玉袋ぐらいしか見えないだろうが、明らかに陰毛を処理しているとわかるはずだから。

しかし、さすが人妻と言うべきか、彼女は落ち着いたものだった。

「あら、綺麗にしてるんですね。いいことだわ」

褒められて、健太郎はかえって面喰らった。それが、肛門まわりに邪魔なものがなくていいという意味なのか、それとも医学的あるいは衛生的に好ましいという意味なのか、判断がつかなかったからだ。

(ひょっとして、鈴本さんも剃ってるんだろうか?)

興味が湧いたものの、さすがに訊けなかった。

「ここ、ちょっと赤くなってますね。何度も水を出したせいなんですけど、すぐ元通りになるはずです」

そう言って、千恵美がアヌスに触れる。彼女は医療用の薄い手袋をはめていたが、色っぽい人妻の指だと考えるだけで、あやしいときめきを覚えずにいられなかった。

「痛くないですか？」

「あ、だいじょうぶです」

「んー、だけど、肛門がちょっと硬いですね。潤滑剤を使っても、これだと内視鏡を挿れるのは難しいかも……」

独りごちるように言われ、健太郎は首を縮めた。彼女になら身を任せてもだいじょうぶという心持ちになっていたものの、肉体そのものはそう素直ではなかったようだ。

（しかし、そんなにおれの括約筋はすごいのか）

玲子の言葉ではないが、もしも男色に目覚めていたらモテモテだったろう。ともあれ、これまで指は受け入れられたものの、内視鏡は初めてだ。指ほどには柔らかでないのだろうし、人工物ということで拒否反応も大きい。無理をしてアヌスの輪っかが切れても困る。

「犬崎さん、ちょっと肛門をほぐしますね」

千恵美に言われ、健太郎は「はい」と返事をした。彼女は経験豊富のようだから、その部分を柔らかくするマッサージでもしてくれるのかと思ったのだ。

ところが、尻の穴に温かな風を感じてドキッとする。以前にも同じことがあったからだ。

そして、そのときのように、ヌルッとしたものが菊孔をくすぐった。

(え、舐めてる⁉)

信じ難いが確かである。放射状のシワがチロチロとくすぐられ、さらにねろりとねぶられる。和佳奈にサービスでされたとき以上に、ねっとりした舌づかいだった。

「ううっ」

反射的に尻を引っ込めそうになると、「動かないで」と注意される。だが、このままでいいはずがない。

「あの、な、何をしてるんですか?」

訊ねると、ごく当たり前の答えが返ってきた。

「肛門を舐めてるのよ」

「な、何のために?」

「言ったでしょ。ほぐすためだって」

いつの間にか言葉遣いがぞんざいになっている。せっかくしてあげてるのだから邪魔をするなと言いたげだ。

「だけど、いいんですか？」

「何が？」

「そんなところを舐めて、その、衛生的に」

「あら、アルコール消毒なんかしたら、粘膜に沁みて大変よ」

「いや、それはそうでしょうけど」

「いいから、わたしに任せておきなさい」

何を言っても無駄なよう。年下の女性から年上ぶった態度を示され、健太郎は引き下がるしかなかった。

（ま、ここは専門家に任せるしかないか）

専門家がみんな肛門を舐めるとは思えないが、言うとおりにしないで内視鏡を乱暴に突っ込まれ、腸壁に傷をつけられても困る。ここは従うより他ない。

とにかく動かないようにとからだを丸め、じっとしていると、再び秘肛に口がつけられる。舌づかいがいっそう大胆になり、健太郎は息を荒くしながらも、動かないように手足を緊張させていた。

和佳奈に舐められたのは、たしかに気持ちよかった。今はそれ以上にねちっこく責められているものの、戸惑いと羞恥が大きすぎて、快感を享受するまでに至らない。これからどうなるのかという不安もあった。

「あ──」

たまらず声を洩らしてしまう。尖らせた舌先が、腸内への侵入を試みているとわかったからだ。

舌で肛門をほぐそうとしているのは、なるほど事実らしい。しかし、健太郎が括約筋を引き絞ったのは、肛門科医師の孫である美津江のことを思い出したからだ。

（これを許したら、いよいよアブナイ道にはまっちゃうぞ）

アヌスに舌を出し挿れされ、身悶えていた女学生。自らアナルセックスをするなど、肛門感覚に目覚めていた様子だった。

自分もあんなふうになったら、おしりを貫かれたくて新宿二丁目を徘徊するようになるかもしれない。そこまでにはならなくとも、恋人にペニバンを着けさせ、尻を犯されてひいひいよがったりとか。

そんな我が身を想像するだけで怖気が走り、絶対に駄目だと気を引き締める。

ところが、敵はやはり専門家。どこをどうすればいいのか、ちゃんと心得ていた。

「うあああ」

下半身がゾクゾクして、抵抗することが困難になる。千恵美がアナル舐めを続けながら、陰嚢をすりすりとさすったのだ。

これは女医の玲子も使った手だった。おかげで肛門に指を入れられてしまったのである。してみると、玉袋を刺激すると肛門が緩むというのは、医学界の常識なのか。

しかも、どうやら人妻ドクターは手袋をはずしたようなのだ。無毛の嚢袋を撫でるのは、明らかに素手であった。

おかげで、くすぐったい快さが下半身から上半身にまで行き渡り、気がつけば何ものかが直腸にヌルリと侵入していた。

「くはぁ」

焦って尻穴をすぼめても、相手は唾液をたっぷりとまといつかせている。ヌルヌルして摑み所がない。小刻みに出し挿れされても、どうすることもできなかった。

（ああ、尻の穴が熱い）

おまけに、妙に疼く。健太郎は陥落したも同然であった。

そのとき、肛門の舌が抜かれる。

「ねえ、四つん這いになってちょうだい」

「え？　は、はい……」

すでに頭がぼんやりしていた健太郎はのろのろと身を起こし、命じられるままベッドに両膝と両肘をついた。

マジックテープを剝がされたズボンが自然と脱げ、下半身すっぽんぽんの格好になる。千恵美もベッドにあがり、真後ろに屈み込んだのがわかった。

アナルキスが再開される。陰嚢も揉み撫でられ。舌が菊孔をくちくちと出入りした。さらに、いつの間にか勃起して下腹にへばりついていたペニスも、人妻のたおやかな指でしごかれる。

「くはっ、あ、ううう」

これぞ快楽三点責め。もはや括約筋は言うことを聞かず、侵入者を阻もうとはしない。いっそう深く入った舌がアナルの輪っかをこすり、そこがむず痒いような快さにまみれる。さらに、玉袋も肉棒も、手慣れた愛撫で翻弄されているのだ。

（ああ、もう、どうにでもしてくれ……）

もはや内視鏡検査に来たことも忘れ、健太郎は脳を歓喜に蕩けさせていた。

だが、かなりの悦びを与えられているのに、不思議と爆発しそうにない。どうやら千恵美が絶頂に向かわぬよう、巧みに刺激の加減を調節しているらしい。それでいて、少しも焦れったくないのが不思議だった。

どのぐらい時間が経ったのかわからなくなったころ、アヌスに入り込んでいた舌が引き抜かれる。陰嚢とペニスからも手が離れた。

「じゃ、最後の仕上げね。仰向けになってちょうだい」

まだ何かするのかと、健太郎は億劫な気分で再びベッドに横たわった。そして、何気なく千恵美の様子を窺って驚く。

(え⁉)

彼女が白衣の前を開き、中に穿いていたスカートを脱いでいたのだ。ベージュのパンストに包まれた下半身があらわになり、何が起こっているのかと軽いパニックに陥る。

予想したとおり、人妻の腰回りは肉づきがよかった。そこから熟れた色気が匂い立つよう。太腿もむっちりと充実しており、顔を挟んでくれとお願いしたくなった。

視線に気がついたか、千恵美がこちらを見る。少しもうろたえないどころか、淫蕩な笑みを浮かべた。

それから、パンストとパンティをまとめて脱ぎおろす。

(もしかしたら——)

セックスをするつもりなのか。男がペニスを奮い立たせているそばで、女が下半身をあらわにしたのだ。他にすることなど思いつかない。

ナマ白い下腹は、脂がのってふっくらと盛りあがっている。そんなところもひどくなまめかしい。そして、恥丘には濃いめの秘叢が逆立っていた。

(あ、剃ってないのか)

剃毛を褒めても、自身は自然な状態を保っているのか。ともあれ、疑問が解決して嬉しくなる。

千恵美は機械のモニターのところにあったチューブを取ると、透明なジェルを絞り出した。内視鏡を挿れやすくするための潤滑剤なのだろう。それを自らの秘部に塗り込める。

「あん、ヌルヌル……塗らなくてもよかったかしら」

そんなことをつぶやいたところをみると、牡を愛撫しながら昂ぶって、秘部を濡らしていたようである。

（じゃあ、いやらしい気持ちになったから、セックスで発散するつもりなのか？）

健太郎のほうは、ようやくここに来た目的を思い出していた。ところが、彼女のほうは検査そっちのけで快楽を貪るつもりらしい。まったく、ここの病院の女性は、みんな欲望本位なのか。

とは言え、健太郎のほうも、もはや射精しないことには治まりがつかなくなっていた。

手を拭いた千恵美がベッドにあがり、背中を向けて健太郎の腰を跨いだ。白衣の裾をたくし上げれば、豊かな熟れ尻が全貌を晒す。

（ああ、すごく色っぽい）

ふっくらした丸みは、完熟の趣。今にも滴り落ちそうな雫のかたちにも似て、触れなば落ちんという風情だ。目にするだけで、分身がいっそう硬くなる。

「じゃ、挿れるわよ」

簡潔に告げ、人妻が屹立を逆手で握る。自らの底部にこすりつけると、真上から体重をかけた。

ぬるん——。

たっぷりと潤滑されていたおかげで、結合はスムーズだった。入ったあとも、彼女の内部は優しく包み込むよう。おかげで、ゆったりした快さにひたれる。

「あん、おっきい」

牡を迎え入れた千恵美が、うっとりした声を洩らす。白衣の裾が垂れて、彼女のヒップを隠してしまったのがつくづく残念だ。

と、人妻がふり返り、はにかんだ笑みを浮かべる。

「犬崎さん、ウチの旦那より年上なのに、ペニスはとっても硬いのね。代わってほしいぐらいだわ」

そう言って腰をわずかにくねらせると、柔らかな媚肉が肉根にキュッとまつわりつく。健太郎はたまらず「ああ」と声をあげてしまった。

「それじゃ、検査を始めるわね」

「え？」

どういうことかと目をしばたたかせる健太郎をそのままに、千恵美は繋がったまま機械のスイッチを操作してモニターを点け、内視鏡を手に取った。チューブのジェルを先端に塗ると、それをふたりの結合部分へと差しのべる。

「膝を立てて、脚を開いてくれる？」

「あ、はい」

女芯の熱さを味わいつつ、どうにか言われたとおりにすると、アヌスに何かが当たった。

(あ、これが――)

内視鏡だと理解するなり、それがぬるりと侵入してくる。それも、あっ気なく。

「え、え?」

健太郎は仰天した。すると、ふり返った千恵美が得意げにほほ笑んだ。

「犬崎さん、おしりの穴もそうだけど、全身が緊張して硬くなっていたの。そのままだと検査がやりづらいから、楽な気持ちにしてあげなくちゃと思ってね。それにはセックスがいちばんなのよ」

実際、すんなりと内視鏡が入ったあとでは、納得しないわけにはいかない。

「あの、こういうことって、内視鏡検査のときにはしょっちゅう行なわれているんですか?」

アヌスの違和感に戸惑いながら、健太郎は訊ねた。

「さあ、他はどうなのか知らないわ。この方法はわたしが自分で編み出したことだし。それに、そうしょっちゅうしているわけじゃないもの。あくまでも必要なときだけよ」

そう言ってから、彼女は思わせぶりにクスッと笑った。

「ま、ウチの旦那とは、これがきっかけで結婚したんだけど」

本当に必要なときだけなのかと、健太郎は訝《いぶか》った。もしかしたら、好みの男が来たときには、こうして愉しんでいるのかもしれない。何しろ、肛門への愛撫から何から、やけに慣れていたようであるし。

「じゃ、検査を進めるから、犬崎さんはそのまま寝てていいわ。あ、頭の横にモニターがあるから、見たいようなら腸の中でも見物しててちょうだい。あと、イキたくなったら、そのまま射精しちゃってもかまわないわ」

自分の内臓など見たくもないから、健太郎は瞼を閉じた。そして、分身にまといつく人妻の膣感触のみを味わおうとしたものの、アヌスをこする内視鏡の管がどうも気になる。舌を出し挿れされたときとは違い、少しも気持ちよくなかった。

それでいて、前立腺も刺激されるのか、ペニスは硬く勃起したままなのだ。

（うう、なんか、変な感じ）

快感と違和感がからだの奥でせめぎ合い、相殺《そうさい》している感じもある。焦れったくて、身悶えしたかったものの、尻にカメラを突っ込まれているから身動きが取れない。無理に動いて、腸に傷がついても困る。

仕方なくじっとしていると、千恵美の声が聞こえた。

「うん。綺麗な腸内ね。傷もポリープも見当たらないわ」

心配はなさそうで安堵する。それで気が緩んだせいでもないのだろうが、アヌスの違和感が甘美な装いをまといだした。

（うう、何だこれ……）

やけにムズムズして、括約筋を収縮させてしまう。そのうち呼吸もはずんできた。

（あ、ヤバいかも）

目の奥がチカチカして、絶頂が近いことを知る。このままでは程なく爆発するかもしれない。

女膣の締めつけは緩やかだし、千恵美は当然ながら検査に集中して、腰を動かしてもいない。絶頂したら、内視鏡にイカされたも同然だ。

そんなことが知られたら、世間からつまはじきにされるだろう。あいつは女よりも内視鏡に感じる男だと。いっそ内視鏡と所帯を持てばいいと陰口を叩かれるに違いない。内縁の妻ならまだしも、内視鏡の妻は御免である。

ここはどうあってもイッてはならないと、健太郎は気を引き締めた。歯を食い縛り、肛門の感覚を意識から追い払う。下腹に乗った人妻尻の、重みと肉感触にうっとりするよう努めた。

「はい、終わりましたよ」

言われて、(え?) となる。気がつけば、アヌスの違和感がなくなっていた。

「大腸内に異状は見られません。ポリープも、切除が必要なものはありませんでした。潜血があったとのことですが、少なくとも大腸に原因はないでしょう。正式な診断は担当医から出されると思いますが、経過観察だけで問題ないと思いますよ」

健太郎は心から安堵した。MRIの検査結果は明日だが、そちらも問題ないだろう。これで明日には退院できる。

(だけど、和佳奈ちゃんとお別れなんだよな……)

あんなに親しくなったのに、そのことが心残りだ。

ならば、これからもお付き合いができるよう、きちんと告白しようか。パイパン仲間ではなく、恋人同士になれるように。

ただ、自分は彼女よりひと回り以上も年上なのだ。それに、もとより向こうにはそういうつもりはなく、検査入院のあいだだけの関係と、当初から割り切っていたかもしれない。

(いや、だったら、苗字で呼ぶのが他人行儀だなんて言うだろうか?)

それに、和佳奈ちゃんと呼んだら、恥ずかしそうに頬を染めたのである。あの反応に特別な感情がないなんて信じられない。

とは言え、そのあと爪先まで舐めたりして、愛想を尽かされた可能性もあるのだが。

年甲斐もなく、童貞の中高生みたいにウジウジと悩んでしまう。つまり、それだけ純粋な、本気の恋と言うことだ。

あれこれ考えて悶々としていると、いきなりペニスを強く締めつけられたものだから驚く。

「うあああ」

不意打ちを食らって、たまらず声をあげてしまった。

「ところで、まだ射精してないみたいだけど、こっちの処理はどうするの?」

ふり返った千恵美が訊ねる。窄穴がかなりキツい。さっきまでのゆったりと包み込む感じが嘘のよう。どうやら検査のために、締めつけるのを遠慮していたらしい。

「だって、検査が終わるまでに射精しなかったのは、あなたが初めてなんだもの。大抵のひとは、五分も持たないでドクドクッて出しちゃったわ」

「ど、どうするって……？」

では、自分は意味もなく頑張ってしまったのか。だったら先に言ってくれればいいのにと、健太郎は眉をひそめた。そんなにみっともないことではないとわかったら、無理なんかしなかったのに。

「それで、このまま出す？　その必要がないのなら、これで終わりにしてもいいんだけど」

問われて、健太郎は返答に迷った。

快い締めつけを浴びて、すぐにでも出したくなっていたのは間違いない。けれど、それは和佳奈に悪いという思いもあった。まあ、円香を相手に三度も射精したばかりか処女も奪ったのであり、今さら操を立てても遅いのであるが。

（いや、あれは中川さんが勝手にしたことだし、おれが悪いわけじゃ――）

しかし、拒もうと思えば拒めたのだ。円香に責任を押し付けるのは卑怯である。

また、和佳奈のことは気になるが、未だ何ら約束を交わしてはいない。このまま別れてそれっきりの可能性だってあるのだ。だったら、人妻のお世話になってもかまわないのではないか。

そうやって迷っていたものだから、千恵美に決められてしまった。

「じゃ、次の予定もあるから、さっさと済ませちゃうわね」

告げるなり、たわわなヒップを上下させる。ぴっちりとまつわりついた柔ヒダで屹立をこすられ、健太郎は為す術もなくのけ反った。

「くあ——あうう」

四肢をピクピクとわななかせていると、

「ねえ、さっきみたいに膝を立ててちょうだい」

吐息をはずませる人妻に命じられる。戸惑いを抱えたまま従えば、前屈みになった彼女が結合部の真下、アヌス付近に手を差しのべた。予告もなく指を深々と挿入したのである。

「うあああああっ！」

前立腺をピンポイントで刺激され、健太郎はあっ気なくドクドクと放精した。

（やっぱり罰が当たったのかなあ……）

健太郎は深いため息をこぼした。

3

今日は金曜日。検査入院の最終日であり、本当なら今頃退院しているはずであった。

なのに、未だ病室のベッドで寝ている。

検査で病巣が見つかったわけではない。そちらはすべて問題なしだった。

唯ひとつ、問題だったのは、健太郎の行動だ。

（まったく、ドジな話だよ）

自身のからだをながめ、憂鬱な気分が募る。ベッドに横たわる彼は、ギプスをはめた右脚が痛々しい。さらに右腕もギプスで固定され、三角巾で吊っていた。

昨日、内視鏡検査が終わったあと、エレベータでなく階段を使って病室に戻ろうとして、足を踏み外して転げ落ちたのだ。で、右側の腕と脛を複雑骨折し、全治三カ月との診断。そのまま高泊総合病院に入院することになった。

足を踏み外したのは、射精後と空腹のせいで、足元が若干フラついていたせいだ。それから、これからのこと——和佳奈に告白するかどうか——をあれこれ考えていたためもあったろう。

わざわざ階段を使ったのも、ゆっくりと考えたかったからだ。その挙げ句がこのザマである。

(鈴本さんに射精させられなかったら、こうはならなかったのに……)

千恵美に責任転嫁するのはお門違いだと、もちろんわかっている。あれだって、

自分が優柔不断だったからいけないのだ。

とにかく、まだ当分ここにいることになった。だったら、和佳奈と別れずに済むと喜んでもいいところだが、そううまくはいかない。

なぜなら、検査入院で入っていたところから、外科病棟に移されてしまったのである。病棟が異なれば、彼女に世話をしてもらうことはできない。

今度の担当は、和佳奈ほど可愛くない、年は同じぐらいだが、グラマーでもない。しかし、そんなことはどうでもいい。和佳奈でないことそのものが大問題なのだ。

(あちこち匂いを嗅いだり舐めたり、好き勝手なことをしながらちゃんと告白しなかった、おれが悪いんだよな)

これはその罰なのだ。

夜になり、消灯がすぎても、健太郎はなかなか寝つかれなかった。空腹だし、痛み止めが切れて骨折したところがズキズキ痛み出したせいもある。

（うう、腹減った……痛い）

ナースコールのボタンを押そうかとも思ったが、食べ物はもちろん、痛み止めも望めまい。一日の服用量が決まっているため、次の痛み止めが飲めるのは深夜過ぎなのだ。そのことは、担当医師と看護師の両方に念を押されている。

（こんなとき、和佳奈ちゃんがいてくれたらなあ）

彼女にペニスをしごかれたら、痛みなど一発で吹っ飛ぶのに。そこまでしてもらわなくても、いやらしいところを嗅がせてもらうだけでもかまわない。足の蒸れた匂いでもいい。

いや、あの愛らしい笑顔を目にするだけで、きっと楽になれるはずなのだ。

（ああ、会いたいなあ）

愛しいナースの面影に涙しそうになったとき、病室のドアが静かに開く。懐中電灯の明かりが中に差し込んだ。

（あ、巡回だ——）

健太郎は咄嗟に目をつぶった。泣きそうな顔を見られたくなかったからだ。

足音がベッドに近づいてくる。さっさと行ってくれと心の中で祈っていると、枕元のアームライトが点けられる。顔に光が当たって、そうとわかった。

そして、

「……起きてますか？」

囁くように問いかけられる。忘れられるはずもない声に、健太郎は反射的に目を開けた。

そこに、会いたくてたまらなかった笑顔があった。

「和佳奈ちゃん――」

その名前を呼ぶだけで、涙がジワッと溢れる。

「痛むんですか？」

心配そうな問いかけ。泣いたのは、骨折が痛むせいだと思ったらしい。

「ううん、だいじょうぶ。いや、さっきまでは痛かったけど、和佳奈ちゃんの顔を見たら治った」

実際、痛みは嘘のように消えていたのだ。ところが、真面目に答えたのに、彼女はプッと吹き出した。

「何ですか、それ？」

　可笑しそうにクックッと笑われ、頬が熱くなる。たしかに唐突すぎたかもしれない。嬉しさのあまり、舞いあがってしまったようだ。

「だ、だけど、どうしてここへ？」

「それは、健太郎さんのことが心配だったからです」

はにかんだ笑顔で言われ、胸が熱くなる。

（ああ、そこまでおれなんかのことを気にしてくれたなんて……）

やはり告白すべきなのだと、ようやく決心がつく。けれど、好きだと口にする前に、予想もしなかったことが告げられた。

「あと、健太郎さんのお世話をするために」

「え、お世話って？」

きょとんとする健太郎に、和佳奈は慈しむように目を細めた。

「健太郎さんの担当になった看護師って、わたしの同期で友達なんです。だから、訳を話して、できるときはお世話を代わってもらえるように頼んだんです」

そんな関係だったとは、夢にも思わなかった。

「その子、健太郎さんがパイパンだったのに、べつに驚かなかったでしょ？　わたしが前もって話しておいたからなんですよ」

言われて、あ、たしかにそうだったとようやく気がつく。

こういう状態だから、トイレは溲瓶などのお世話にならざるを得ない。すでに何度か世話をされていたのだが、無毛の股間を目にしても、彼女は平然としていた。健太郎のほうも、和佳奈と会えない寂しさや己の境遇を嘆くばかりで、そんなことを気にも留めていなかったのだ。

「じゃ、じゃあ、これからもお世話してもらえるってこと?」

勢い込んで訊ねると、和佳奈はちょっと残念そうに小首をかしげた。

「毎日っていうわけにはいきませんけど。やっぱり、病棟が違いますから」

「そ、そうだよね」

要は、その友人との相談次第なのだろう。だが、この際贅沢は言ってられない。

また彼女とふれあえるだけでも充分だ。

「でも、わたしにしかできないお世話は、ちゃんとわたしがやりますからね」

「え、和佳奈ちゃんにしかできないことって……」

「決まってるじゃないですか。健太郎さんのアソコの毛を剃ってあげることですよ」

悪戯っぽく目を細められ、胸が大いにときめく。

「あと、休憩時間や仕事終わりとか、お休みのときにはお見舞いに来ますからね」

「……ありがとう。和佳奈ちゃん」

なんて優しいのかと、また涙が溢れてくる。

「あ、それじゃ、今はどっちなの?」

看護師としてのお世話なのか、個人的なお見舞いなのか。訊ねると、彼女が耳に口を寄せてくる。

「仕事が終わったからお見舞いです。もちろんお世話もしてあげますけど、時間はたっぷりとありますからね」

嬉しい内緒話に、天にも昇る心地になる。耳にかかった吐息の、果実のようなかぐわしさにも陶然となった。

(ああ、おれは世界一の幸せ者だ)

健太郎は心からそう信じられた。

「ところで、何をしてほしいんですか?」

この問いかけに、「ええと——」と言ったきり言葉が出てこなくなる。お願いしたいことが、あまりにもたくさんあったからだ。

手コキにフェラチオ、パイズリに顔面騎乗に足コキ、それからもちろんセックスも。匂いも嗅ぎたい。足にアソコに、おしりの穴や腋の下も。もちろん、そこらを全部舐めたい。

そんな内心の葛藤を察したのか、和佳奈が顔の前に人差し指を立て、チッチッと左右に振る。

「だけど、今の健太郎さんは本物の病人っていうか、怪我人なんですからね。あまり無茶なことはできませんよ」

それもそうかと、湧きあがった欲求をいったん引っ込める。

「ですから、当分はわたしの指示に従ってもらいます」

「はい、わかりました」

素直に返事をすると、彼女が満足げにうなずく。これからは主導権を握れるから嬉しくなったのか。

「とりあえず、そんな手じゃ溜まったものも出せませんよね」

しなやかな手が股間に伸ばされる。入院着の上から触れるなり、愛らしい面立ちが眉をひそめた。

「え、もう大きくなってたの?」

あきれた眼差しで見つめられ、首を縮める。そこは和佳奈の顔を見たときから、条件反射みたいにふくらんでいたのだ。

「まったく、いやらしいんだから」

だが、おかげで以前のように、気の置けない言葉遣いをしてもらえる。

「ごめん……あ、そうだ。キスしてくれる?」

健太郎がそのお願いをしたのは、照れ隠しのためもあった。けれど、彼女が「いいわよ」と了解し、柔らかな唇を重ねられるなり気づく。

(――あ、おれ、和佳奈ちゃんとキスするの、初めてだ)

マニアックな行為で快感を貪り合っていたのに、親愛のしるしである唇同士のふれあいをしていなかったなんて。そのために、本当の気持ちを伝えられなかったのではないか。

舌を戯れさせ、吐息と唾液を行き交わせる深いくちづけは、二分以上も続いた。その間、牡の高まりには和佳奈の手が被せられており、脈打つほどの思いを彼女に伝えた。

唇が離れると、愛しいひとが濡れた瞳で見つめてくる。今なら想いを告げられると確信するなり、言葉が自然と口から出た。

「おれ、和佳奈ちゃんが大好きだ。世界中の誰よりも」

陳腐な台詞にも気恥ずかしさを感じない。自分の真っ正直な気持ちだったからだ。

すると、彼女が目を伏せる。髪から覗く耳も、頬も真っ赤だ。

(これは、ＯＫってことなのか？)

胸が大いにはずむ。と、和佳奈が上目づかいで見つめてくる。

「そんなこと言わなくても、ちゃんと健太郎さんの望むことをしてあげるのに」

これには、健太郎は愕然とした。愛の告白のつもりだったのに、いやらしい行為をねだるための口説き文句だと受け止められたらしい。

「い、いや、おれは本当に——」

説明しようとすると、それ以上言わないでというふうに、唇に人差し指を当てられる。おまけに、軽く睨まれてしまった。

(そんな……)

落胆し、また泣きたくなった健太郎に、和佳奈は優しい微笑を浮かべた。

「また、おっぱいでオチンチンを挟んでもらいたいんでしょ？　あと、ヘンなところの匂いを嗅いだり、舐めたりとかも。健太郎さんがしたいことは、ちゃんとわかってるんだから」

いやそうじゃないと歯嚙みしたくなったとき、

「ちゃんとさせてあげるわ。もちろん、ここを退院したあとだって」

「え？」

「ホント、感謝してもらいたいな。だって、わたしがそこまでさせるのは、健太郎さんだけなんだもの。これからもずっと」

恥じらいの眼差しで見つめられ、健太郎はようやく彼女の気持ちを理解した。

「和佳奈ちゃん、おれ……」

「と、とにかく、この大きくなったオチンチンをどうにかしないと」

和佳奈はうろたえ気味に視線をはずした。

大胆なのに恥ずかしがり屋で、ちょっと生意気なところも可愛い。何より、優しくて献身的な、自分だけの愛しいナース——。

マジックテープをはずしてズボンの前を開いた彼女は、そそり立つ肉根にしなやかな指を巻きつけた。

「あん。すっごく硬い」

つぶやいて、やるせなさげなため息をこぼす。握った手を緩やかに上下させ、うっとりする快さを与えてくれた。

「ああ、すごく気持ちいいよ、和佳奈ちゃんの手」

「本当に？　じゃ、お口でしなくてもいいのね」

わざと意地の悪いことを言って、年上の男をからかう。

「いや、是非お口でお願いします」

下手に出ると、和佳奈は愉しげに目を細めた。

「いいわよ。だけど、おっぱいとオマンコは、もうちょっと怪我がよくなってからね」

ウインクして、彼女が牡の漲りをお口いっぱいに頬張る。

「ああ、和佳奈ちゃんはフェラチオも最高だよ」

敏感なくびれを丹念にねぶられ、健太郎は息を荒ぶらせた。

＊この作品は、書き下ろしです。また、文中に登場する団体、個人、行為などはすべて実在のものとはいっさい関係ありません。

二見文庫

診《み》てあげる　誘惑《ゆうわく》クリニック

著者　橘《たちばな》　真児《しんじ》

発行所　株式会社 二見書房
東京都千代田区三崎町2-18-11
電話　03(3515)2311［営業］
　　　03(3515)2313［編集］
振替　00170-4-2639

印刷　株式会社 堀内印刷所
製本　株式会社 村上製本所

落丁・乱丁本はお取り替えいたします。
定価は、カバーに表示してあります。

ISBN978-4-576-14147-3
http://www.futami.co.jp/